共生

INTERWINDING

徐然 / 著
XURAN
WORKS

天津出版传媒集团

天津人民出版社

图书在版编目（CIP）数据

共生 / 徐然著. -- 天津：天津人民出版社，
2014.7
ISBN 978-7-201-08720-7

Ⅰ.①共… Ⅱ.①徐… Ⅲ.①推理小说-中国-当代
Ⅳ.①I247.5

中国版本图书馆 CIP 数据核字(2014)第 103526 号

天津人民出版社出版

出版人：黄　沛

（天津市西康路 35 号　邮政编码：300051）

邮购部电话：（022）23332469

网址：http://www.tjrmcbs.com

电子信箱：tjrmcbs@126.com

高教社(天津)印务有限公司印刷　　新华书店经销

2014 年 7 月第 1 版　2014 年 7 月第 1 次印刷

880×1230 毫米　32 开本　7.25 印张

字　数：180 千字

定　价：25.00 元

CONTENTS

目　录

第一章 爸爸死了,妹妹在哪里

1

伊南一边咳嗽,一边走在狭长的小巷中。她的脚步急匆匆的,书包在肩头摇晃,她不时地把围巾向上拉一下,遮挡着清晨清寒冷冽的风。

她觉得自己浑身上下都不舒服,头很疼,喉咙很干,膝盖发软,咳嗽一阵紧似一阵,她一定是生病了……可是,作为一名高三学生,她没有生病的权利。伊南努力打起精神,加快脚步。

小巷破旧不堪,到处都是违章搭建的低矮的棚屋,自行车、电动车、木板和水泥袋,还有为了入冬准备的蜂窝煤,塞得满满当当。

身后传来哗啦一声,像是谁家的自行车被推倒了,接着是一个男人的咒骂声。"谁家的破车啊!挡在这儿碍事儿!"随后是一连串不堪入耳的粗话。

住在这儿的人,心情都不会太好。

快了!她离开这里的日子,很快就要来到了!再坚持一下,坚持一下!

伊南给自己鼓着劲儿,头也不回地继续往前走。

走出巷口,就是宽阔的马路。

像是哈利·波特从9月台的石柱上穿过,到了一个全新的世界,伊南出了巷口,眼前也亮了起来:宽阔的街道,擦得闪亮的不锈钢栏杆,装潢精美的商店门面,路上车来人往,不远处的巨大的广告牌上,笑靥如花的女人正凝视着芸芸众生。

伊南吐出一口气,不自觉地挺了一下胸,加入早起的人潮。

她身后,巷口的路牌已经老旧不堪。"福合巷"三字被那些贴了一层又一层的补习班的小广告遮挡得几乎辨认不出。

过马路往右走,五百米远,就是她的学校,市南一中。

重点大学最高录取率的成绩让这所中学傲视全省。每年都有无数和伊南家一样的家庭,为了孩子的成绩,从四面八方赶来,聚集在福合巷及周围所有能住得了人的地方,过着为期三年的陪读生涯。

这个学校里的孩子,是全省的精英,是每个家庭的希望。

厚重的云层覆盖在天空,一阵冷风刮过。伊南又是一阵咳嗽,她平定喘息,深吸口气。

"伊南,伊南!"身后有人在叫她。

伊南转头一看,是那个女孩,叫瞿凌的,伊洛的同学。

"伊洛呢?"

瞿凌跟伊洛一样,也是十五岁,个子却比伊洛和伊南都高,她长得高高壮壮,胸部发育已经颇为壮观,一跑便"波涛汹涌"。

"不知道!"伊南硬邦邦地回了一句。

小她两岁的小丫头大咧咧地在马路上叫她"伊南",她很不高兴。这都怪伊洛,伊洛从来不叫她"姐姐",她的朋友也有样学样。

瞿凌的嘴巴里嚼着口香糖:"我找她。"

"我不知道她在哪儿。"

"她今天来上学吗?打她手机也不接。"

伊南继续往前走,"不知道。"

"你是她姐姐你不知道啊!"瞿凌不乐意了。

凭什么做姐姐的就得知道妹妹在哪儿呢?伊洛这样的妹妹,她才不想知道她在哪儿!

伊南懒得跟这个小丫头说话,她转过身继续走路。

从两个多月前失去妈妈的那天开始,伊洛便像脱了缰的野马,先是迟到早退、顶撞老师、不做作业,后来是逃课、打架、夜不归宿……这样的一所重点中学,不会容忍她的行为太久的!

瞿凌又追上她:"她星期五借我一百块钱,说周一还我,她要不来上学,你还我吧。今天要交午餐费了!"瞿凌口气很冲。

"我没钱。"伊南咬着牙说。她还不知道她的午餐费从哪里来呢!

"真没有?伊洛说你们家的钱都放在你这儿!"瞿凌瞪起了眼睛。

伊南摇头。

她是真没有。她口袋里只有五块钱,而这五块钱她已经装了三天了。

瞿凌翻翻眼睛,"扑"的一声,把口香糖吐到伊南的脚下:"没劲!"

她背着书包,晃啊晃地,从伊南身边走过去了:"什么人啊,还不起钱就不要借!穷酸样儿!"

伊南不知道瞿凌骂的是伊洛还是她。借钱的人,在债主面前是没有尊严的,借钱人的姐姐也是一样!

伊南觉得一股热血直往脑门上冲,她叫住了瞿凌:"这钱,我明天还你。"

"明天?什么时候?"

"放学的时候。"

瞿凌怀疑地看着她："行,那我放学去你们班找你。"

瞿凌走了,剩下伊南头晕目眩,举步维艰。

一百元,明天她去哪里弄一百元?

不,是今天,今天的二百块午餐费,她去哪里弄?

伊洛比她好,伊洛可以随时玩消失,不愿意面对的事情,她一点儿也不委屈自己面对,可是,她不行,还有几个月就高考了,现在的她离不开学校……

她看看自己的小细胳膊……电视剧上都演,主人公被钱逼得走投无路了,就去医院卖血……她行吗? 上次学校体检,因为她血管太细,医生扎了几针都抽不出血来……

她慢慢走到学校门口,看到光洁的大理石柱上映出自己的影子,对,她的马尾辫,浓密乌黑的马尾辫,这个也可以卖……五十还是一百呢?

校门上的时钟显示时间是七点二十分了。哦,还有十分钟上课,得加快速度了……钱的事,她脸皮厚一点儿,再拖一天吧。

伊南吸了一口气,又跑起来。

伊南气喘吁吁地走进教室,"咚"的坐在座位上,心脏一通急跳。她有点眩晕,四肢关节也在酸痛……她觉得自己在发烧。

"伊南,你脸色不好看,没事儿吧?"她的同桌许文文细声细气地关心她。

伊南挤出一个微笑:"没事。"

伊南跟许文文从高一起就同桌了,伊南成绩一直是班上前三名,许文文的成绩也很稳定——稳定在班里最末三名。班主任尹老师安排她们坐在一起,叫"一帮一"计划。

许文文几乎是她最讨厌的一种人。她是那种头脑空空的小公主类型的女孩,善良而愚蠢。她有着优越的家庭条件,父母对她所有的希望就是健康快乐。混一张高中毕业证书和一定要考上 985 的重点大学,许文文在本质上和伊南就不是一种人。

可偏偏许文文还要做出一副自己很努力的样子，伊南每天不得不抽出很多时间，为她解答最简单不过的问题。

然而可笑的是，一直到高二，她无意中听见别人说才明白，所谓的"一帮一"并不是她在帮许文文，而是许文文在帮她。

在高一的家庭摸底调查中，她因为家境贫困，荣登"重点关爱对象"榜首。两年多来，许文文忠实地遵照着老师的吩咐，"扮演"着关爱同学的好孩子模样，在她眼里的伊南，该是多么可怜？

每当想到这一点，伊南就痛不欲生。

比起她贫困的生活，她更厌憎眼前这个人——这不是许文文的错，她知道。许文文家境优越，她的零花钱都比伊南母女三人一个月的生活费还多，她每个月买的衣服，比她们母女三个加起来一年买的都多……

妈妈曾经说过，你的同学就是你的竞争对手，不要试图和对手做朋友，那样只会让你输得更惨——这可真是笑话，许文文什么都不用做，就已经赢了伊南，她付出十倍的努力，也不见得能比许文文活得更好！

因为她这种人的存在，伊南的自尊心会永远处于被伤害的地步。她们把崭新的文具送给伊南，借口不喜欢；她们把各种零食塞到伊南的书包里，借口减肥；她们在豪华酒店办生日 PARTY，邀请伊南并且特别声明，不要送礼物，可是等伊南去的时候，才发现原来除了她，每个人都买了礼物……

尹老师在班会上夸许文文，关爱同学。

伊南在下面，咬碎了一口牙。

她不要这样的关爱！

她不需要任何人的关爱！

妈妈去世以后，身边大多数人一直以来对她的同情、嫉妒、不屑一顾……越发地变本加厉，好像她不彻底崩溃就没办法对得起这些人的期望。

哭啊，快哭啊，哭出来就好了……在关切背后，是让人无法承受的假意。

她曾经也这么想，可是真正号啕大哭一场之后，她发现，什么都没变，一切都没有变好。

她的妈妈再也回不来了。

两个月的时间，她的成绩一如既往的稳定，她每天按部就班上学放学，她看起来没有更好，但也没有更坏。即便如此，她依旧没有办法停止别人对她的揣测。在她因为贫血晕倒的时候，在她因为算不出一道题而愤怒的时候，在她不小心摔了一跤的时候，在她不得不停了电话的时候……

可怜的孩子。所有人都这么说。

在这个时候，她才深切地体会到，穷，其实是可以用高傲和冷漠来遮掩的，但是活下去，只能是屈膝投降。

她不得不装作不知情，接受许文文们的"爱心文具"和"爱心零食"。

伊南紧紧捏着口袋里的五块钱，像握着自己仅剩的自尊心。

上完第二节课，伊南的喉咙火辣辣的疼，头更晕了，她能肯定，她在发烧。

坚持一下，再坚持一下……尹老师的英语课是下一节，那时候她肯定会提出交早餐费的事，到时候找什么理由呢？

许文文碰碰她的手："伊南，瞧，是来找你的吧？"

她的声音里饱含着同情的意味，伊南抬起头，看到站在教室门口的孙老师——伊洛的班主任。

伊南倒吸了口气——什么时候才能结束这种替伊洛收拾残局的生

活呢？

孙老师对着她严肃地点点头，伊南叹口气，推开课本站起来，向他走去。

腿软软的，每一步都像踩在云朵中……不要晕倒，不要晕倒……不能让那些许文文们又有机会为我掬一把同情之泪……

伊南一边走，一边晕晕乎乎地想。

孙老师的脸看上去模模糊糊，伊南只看到这位高个子男老师的一双愤怒的眼睛。

啊，他为什么要对她生气？

哦，是了，因为她是伊洛的姐姐……

"伊洛今天又没来上学，她的手机也不接，上周她也逃过两天学，她不能再这样下去了！"孙老师愤愤地说，"你们的监护人，对，那个姓张的表姨是吧？你带个口信，这次务必让她来一趟了。"

"嗯。"伊南点头。啊，她的头好重，好疼，每点一下，就好像有把锤头在敲她的太阳穴。

她晃了两下。

不要，不要晕倒，起码不要在这种时候，跟妹妹的班主任站在门口谈话的时候……全班的同学几乎都在看着我……

但孙老师的训话还是没有完："还有，你回家，见了你妹妹，一定要告诉她，认清自己的位置，赶紧回到正路上来！我们可是百年老校，学校的名誉高于一切，她要再这样下去，学校就动真格儿的了，那个时候，她后悔就来不及了！我是爱惜伊洛的天分，是为她好，希望在她越走越远的时候拉她一把，她要理解老师的苦心……"

伊南盯着孙老师一开一合的嘴巴，觉得自己好像已经飘浮在半空中了。为什么有这么多喜欢多管闲事的人？伊洛愿意堕落就让她堕落好了！难道非要把她这个姐姐也拉下深渊才可以吗？

"……知道了吗？"

"知道了。"伊南艰难地吐出三个字，她喉咙似火烧。

伊南没听清他在问她什么，只希望他赶紧走。

"真知道了？"孙老师不放心地重复一句。

天哪，还让不让她活了?!

她想大吼，想对着孙老师的脸吐唾沫，想拿头撞他的肚子，把他撞个四脚朝天……

但她什么都没能做，她晃了两下，"咚"的倒在了孙老师的面前。

哎，还是晕倒了啊……

在黑暗袭上来之前，伊南满嘴苦涩。

2

四周都是黑漆漆的，伊南伸出双手在黑暗中摸索着前行。

这是哪里？

她的手臂甚至没有伸开，就触碰到了阻碍物。她惊慌地转身，向前走了一步，头撞在了墙上，她跌坐在了地上。

世界上会有这么小的房间吗？她迷茫地摸摸四周的墙壁 这是墙壁吧？她被关起来了！发生了什么事？

"有人吗？有人在吗?!"她努力让自己冷静下来，轻声叫道。

回答她的，是静寂无声。

伊南蜷缩成一团，紧紧地抱着自己的胳膊，就这样，以沉默对沉默。

不知道过了多久，她隐约听到水流的声音……她把耳朵贴在墙上，全神贯注地听着。水是从脚底下传来的，因为她很快感受到了沁骨的凉意。

水涨得很快，几乎是一眨眼，就到了她的小腿。

"有人吗？救命，救命啊……"她终于忍不住，发狂地大喊起来。手用力地拍打着墙壁，然而一起都是徒劳。

她全身发抖地浸在水里，水已经淹没了她的头。

伊南慢慢闭上了眼睛。

"没事了，没事了……"有个女人轻声地说。

妈妈。她心里想……可是不会是妈妈，妈妈永远不会这么温柔地跟她说话。

而且，世界上已经没有了妈妈，妈妈已经变成了一把细碎的骨灰……

伊南猛然睁开眼睛，一下子坐了起来。

"好了，好了……没事了，没事了。"

班主任尹秀揽着她的肩膀，她是个年轻的女老师，年轻而热血，她身体的热度传到伊南身上，伊南松了口气。她发现自己正躺在学校医务室的床上，手背上刺入了静脉注射的针头，一瓶葡萄糖补液正静静地挂在她的头顶上方。

"你做噩梦了，没事的。"尹老师微笑着，扶着伊南躺下，并给她整理了一下被单。

噩梦吗？她摸摸脸颊，全是泪水。

"再睡会儿吧。"尹老师坐在她身边，抓着她的手，"我就在这里陪着你。"

伊南摇摇头。

"嗯……现在好点了吗？你发烧了，晕倒了。"

伊南咳嗽了两声："嗯，好多了。"

她的烧已经退了，除了喉咙还有点疼，头还有点眩晕，身体的不适大部分都消失了。

"老师，我能不能现在回去上课？"

"哎呀，不行，你今天把大家都吓坏了！马上就要高考了，身体可不能再出现问题了！你今天别上课了，安心休息吧！"

伊南转过头去，她的视线落到了床头柜上，那儿，堆着老高的各种各样的方便食品和营养品。

"这是大家自发给你买的，班里每个人都很关心你，尤其是许文文，她都哭了，瞧，这盒金莎巧克力是她叫她爸爸的司机给你送来的……"

伊南咬咬牙。

她每天的生活就是咬牙！忍无可忍，从头再忍！

尹秀拿起一个面包，撕开包装，又拿起一盒牛奶，把吸管插上："来，先吃点。校医说你主要是营养不良，又疲劳过度，平时得多吃一点儿，多注意休息才行。"

伊南低头，接过面包。她吃得很秀气，一小口一小口。

尹秀看着她："伊南，你表姨的电话是多少？我给你们家打电话，停机了……"

伊南还是低着头，一口一口吃着面包。她吃得非常专注，好像外界的声音根本传不到耳朵里去。

"怎么了？"尹秀凑近了她，关切而焦虑地说，"有什么事你要跟老师说的……是不是表姨对你们不好？"

"没有。"伊南看到面包剩下一点点，有些遗憾地抬起头，抱歉地说，"老师，我撒谎了。我没有表姨。"

尹秀愣住："撒谎？你为什么要撒谎呢？"

"因为我不想去孤儿院。"

"怎么会去孤儿院呢？你还有爸爸啊……伊南，你太要强了，不管你爸爸和你妈妈之间出了什么问题，他毕竟是你爸爸，他照顾你是理所当然的！"

老师怎么知道她有爸爸的事儿？她从来没说过自己有爸爸！

"我没有爸爸，我爸爸死了。"

"那……今天早上……"尹秀面带困惑，她站起身望向门外，伊南这才看到，门口站着一个男人。

看到这个男人的瞬间，伊南的心跳开始加快，她全身都在发热。上一次她有这个感觉，是妈妈下午没回家。傍晚的时候，就有警察来找她了。那，今天这个人是谁？

男人三十来岁的模样，文质彬彬，衣着整洁清爽，还没说话嘴角就先露出个微笑，看起来又可亲又善良。

"你醒了？"男人笑眯眯地说，"好点了吗？"

伊南点点头。

"我姓乔，乔安南。你可以叫我乔叔叔。"

伊南没有说话，咳了两声。她不觉得有什么需要套近乎的事，也不觉得自己需要帮助——如果这个人是校方联系的社会福利院的人，那她最好还是闭嘴。

"我是警察。"他微笑着说。

伊南看一眼尹秀，尹秀对她鼓励似的点点头。

又是警察！警察来找她，肯定不会是什么好事！

难道，是伊洛……

伊南的心揪了起来。"什么事？"

"你爸爸今天早上去世了。"

这个叫乔安南的警察话音刚落，尹秀老师就倒吸一口冷气，她用责备的眼神看着乔安南。

尹秀老师是在担心她再昏过去吗？她的担心显然是多余的。伊南对这个噩耗的反应，只是转过脸去。

"我没有爸爸，我爸爸早死了。"她冷冰冰地回答。

尹秀瞪着眼睛，乔安南却露出个理解的表情。

"嗯，那我改一下说辞，伊成峰今天早上去世了。"

伊南在两个大人的注视中，长吁了一口气，"哦，他啊。"

她不承认伊成峰是她父亲，就如同伊成峰不承认她是他女儿一样。如果今天是她死了，警察去通知伊成峰，她保证伊成峰绝对不会比现在的她更激动更悲痛……他大概会不耐烦地赶走警察吧。

"伊成峰的妻子，马清清也去世了。"

"我知道了。"她点头。

她其实并没有那么平静。脑子里忽然想到范进中举……学这篇课文的时候，老师讲过，古时候有人及第、升官，第一个去家里报喜的人，家里人都会封很大的红包答谢。

伊南忍不住把手塞在口袋里，紧紧地握着那张五块钱。

她当时还以为这是古人要面子，客气……原来不是的，是你真心想要分享，想要把这种喜悦一直传下去。

她忽然觉得悲哀，在她十七岁的生涯中，好像从来没有什么喜悦是需要和别人分享的。

尹老师倒是惊诧万分说，"都去世了？是　　　"

乔安南点点头，"是谋杀。"

尹老师又倒吸一口气，捂住嘴巴，半晌才一脸同情地望向伊南。

"谋杀"两个字让伊南心里抽紧了一下。妈妈两个月前也是死于非命，她的死跟那两个人不无关系……这就是报应吗？

她的反应仅此而已。她从来没有爸爸，他和他的妻子的死，对她而言算不得噩耗。

在她眼里，伊成峰和马清清，还不如两个陌生人。

她的反应好像让这个乔叔叔有些困惑，他摸摸鼻子，"这么说，今天早上你没去过伊成峰的别墅？"

三层的别墅，欧式建筑风格，拱形的门廊，拱形的门窗，到处都是顶上立着小天使的白色立柱和花样繁复的雕饰，房间里布置得奢华而高调……透过客厅那扇玻璃墙，仿佛看到打扮得珠光宝气的马清清正闲散地坐在客厅，一边翻着杂志，一边喝着二十四小时保姆端给她的下午茶……

令人作呕！

"没有。"伊南倔强地把脸转到一边，语气生硬，"如果可能的话，我一辈子都不想去那里。"那里的一切，只不过是在提醒，她生活的世界有多么可怜。

"那就怪了啊。"

有什么可奇怪的？伊南迎上乔安南的目光，乔安南的嘴角咧出个恰到好处的弧度，这弧度让伊南迷惑。妈妈去世的时候，来通知她的警察，嘴角也咧出了个弧度，只不过是向下的。

3

白布单掀开，露出了伊成峰青白的脸。

最后一次看到妈妈，她也是躺在这样的白布单下面——只是，她没有伊成峰运气——死的时候，她已然面目全非。她被卡车轧到的半张脸凹陷变形。而在血迹和泥垢中间，妈妈那总是令人生畏的脸却展现出了一个诡异的笑容。

伊南经常梦见那个笑容。她猜想，妈妈应该完全预想到了今天的场景。

"我要看看他的脚。"

法医奇怪地看她一眼，还是掀开了下面的布单。

伊成峰的脚光着，上面遍布着皱巴巴的狰狞扭曲的疤痕。

伊南点点头:"是他。"

伊成峰曾经将双脚踏入沸油中,炸熟了他脚上的大部分皮肤。至于为什么会把双脚踏入沸油中, 那完全是她们妈妈的妙招——她在他睡醒前,把一锅煮沸的热油,放在床边他的下脚处。

妈妈曾经为此坐了两年的牢,但看看这双脚的可怕样子,这两年牢的代价显然是值得的。她一直认为,这是妈妈做过的,为数不多的几件好事之一。

白布单又盖了回去。

他是被人用刀杀死的——和马清清一样,每个人身中两刀,刺在心脏的部位。

领她看尸体的是个叫郑朗的年轻警察,他对她的反应深感诧异。

伊南的淡定跟门外的一对哭得死去活来、捶胸顿足的老夫妇,形成鲜明的对比。

伊南知道,他们是马清清的父母。

"可怜我那女儿,才二十七岁啊,肚子里还有个不到四个月的孩子,一尸两命啊,是不是那个挨千刀的保姆?狼心狗肺啊!我见了她,不把她眼珠子抠出来不算完……呜呜呜,没了我女儿,我可怎么活啊!"

挨千刀的保姆?那个永远对马清清堆着满脸讨好笑容的女人?伊南眼前浮现她的面容,圆圆的脸,白皙的皮肤,永远笑嘻嘻的嘴角和一双闪烁着阴险意味的细长的眼睛……她对这种奴颜媚骨的人满心憎恶,这种人表面上一团和气,背地里却是什么事都能干得出来!

马清清的母亲认为是她干的吗?伊南暗自思量着。

马清清的妈妈呼天抢地,马清清的爸爸却比妻子冷静,他正粗哑着喉咙,不知道问什么人:"我女儿的财产怎么处理的?她的珠宝首饰应该属于她个人财产吧?我们要求对她的财产进行保护……还有他们家的房子,现在人都没了,是要封起来吗?里面的东西呢?伊成峰的公司怎么办？"

对，伊成峰家财万贯，他死了，他的财产……哦，是了，伊南现在的身份是巨额财产的继承人了吗？

这个想法让伊南一阵晕眩。

伊南走出停尸间，老女人的哭声和老男人的追问声都停下来，两个人一起转向她，眼神又尖又利。

老男人瞪大眼睛，一脸凶相："这是伊成峰的女儿？"

老女人则走向她，脸上又是鼻涕，又是眼泪，手指快指到她鼻子上去："她为什么会来这里？伊成峰根本不认她，他当年被她们妈妈害得那么惨，他讨厌她娘仨还来不及！连家门都不让她们进，她怎么能算他的家属？他的家属只有我们……"

伊南倒退了两步，并不是怕她，而是这个老女人又腥又臭的唾沫星子直喷到她的脸上，她实在无法忍受。

那个叫郑朗的警察显然看不下去了，他拦在伊南的面前，不客气地把老女人的手指头挥掉："她是死者的亲生女儿，是直系亲属。你们大家都是亲戚，请客气点……"

"客气？跟她，这个不知道打哪儿冒出来的小丫头片子?!"老女人尖叫，随即又哭了起来："可怜我那女儿，结婚的时候才二十四，根本不知道她男人还有两个拖油瓶，如果知道，她如花似玉的年纪，为什么要嫁个四十来岁的二婚头啊！"

为什么？为了钱啊！伊南在心里冷笑。

美女加野兽的组合，不都是这种模式么？一个有美丽的脸蛋，一个有鼓鼓的钱包，资源互换，资源共享。

郑朗的手保护性地放在伊南的肩头，将她带离这个是非之地："来，你到这边来签个字。"

身后又传来那个老女人的长长的哭号声："没天理啊……"

什么没天理？马清清的死，还是她这个直系亲属的身份？

如果她的身份是没天理的事情，那伊成峰对她们母女三人做的事情算什么呢？

郑朗带她上了楼梯，走过一条长廊之后，推门进了一间办公室。

此前那个叫乔安南的警察正坐在里面打电话："还没找到吗？给协查的民警说一下情况，请他们帮忙注意一下……嗯，嗯，好……"

郑朗拿出一张表格，是《死亡确认书》，他递给伊南一支笔，伊南接过去，在上面签了自己的名字。

真讽刺！活着的时候，他自己不认她这个女儿，死了之后，警察帮他认下她这个女儿，将他的身后事交给她。

伊南签好字，乔安南也挂上电话，他转过身，对着伊南微笑："肚子饿了吧？我们这附近有家沪菜馆不错，一起去吃饭？"

"不用，谢谢……"

乔安南却不听，他抓起外套，拉着伊南的胳膊："走吧，我还有点事情要问你，我们边吃边谈。"

站在这家门面很大的沪菜馆门前，伊南很犹豫。"我……我们随便吃点就好了。"她嗫嚅着。乔安南一本正经："随便吃不饱啊，我快饿死了……"

他大踏步往里走，催促着伊南，"快来。"

"我……我没钱。"伊南脸涨红，声音低到自己都快听不到了。

她从来没在这么大的饭店吃过东西，甚至连门都没进去过。她知道自己在别人眼里是什么样子的：永远的长发扎成马尾，永远的校服，吃最便宜的饭菜，用最便宜的文具……从来没有参加过任何一个需要花钱的校内活动，同学们的聚会也基本没去过……

十七岁的她，好像这半辈子都活在努力拒绝别人的同情中——她恨这件事。

"别开玩笑了!"乔安南过来,接过她的书包,"跟女士吃饭,埋单是我的荣幸,赏脸吗?"他的笑容让阳光都失色。

为什么对我这么好?

伊南不自觉地握着拳头,她从不相信这个世界上有免费的午餐。

"伊洛还是没找到。"乔安南等菜上齐了,一边吃,一边说。

"嗯。"

她低下头,这一天之内,已经是第三个人向她打听伊洛了。她真想冲着每个人脸上喷吐沫,大声告诉他们:伊洛就是自甘堕落,她无药可救了!你们都放弃吧!让她自生自灭好了!

可是她不能这么说,她是伊洛的姐姐……她真恨这件事。

"她以前有过这样的情况吗?一下子消失不见了?"

"有过。她有次在网吧里待了两天两夜。"

"两天两夜啊?"乔安南惊奇说,"都在网吧里吃住吗?"

伊南闷头吃菜,一声不吭。她从来没去过网吧那种地方,怎么知道两天两夜玩游戏的人怎么吃住?

"伊南……我知道这件事很难接受,你的抵触情绪我也理解,不过我还是希望你能帮我。"他换了一种口气,表情严肃。

奇怪,为什么会有人这么理直气壮地寻求别人的帮助?他凭什么?他也跟许文文一样,住着二百平方米的房子,有司机接送,说话嗲嗲的,看到一只老鼠都会哭一下午吗?

伊南在心里冷笑。

这个世界上谁也不欠谁的——就连她妈妈都这么说,她有什么义务帮助一个陌生人呢?

果然还是收买的老套路,伊南看着这一桌精致的菜肴,心里一阵腻烦。

"怎么帮？"她冷漠地开口。

"伊成峰和马清清，被人杀死了。"乔安南像是没发现，自顾自地说，"在他们那个别墅。我们从别墅的监控录像中，看到早上六点的时候，一个穿着一中校服的女孩子进了别墅，八分钟以后惊慌失措地跑了出来……他们家的保姆余莉，认出那个女孩子是你。"

伊南没吭声，过了半天才说，"监视器拍到脸了吗？"

"那倒没有。"

"那她凭什么说是我？"

乔安南笑，"哦，她说你经常穿校服——"

是啊！所有人都不愿意穿的那套难看的校服，是她最好的衣服！

伊南的手在桌子底下，狠狠地掐着自己的大腿……那样的疼痛，让她可以暂时忘记这样的难堪。

"不是我！"她咬着牙说。

"伊南……"乔安南沉默了一会儿，"你恨伊成峰吗？"

"人都死了，还有什么好恨的？"她别过脸。

"你父母……你妈妈和伊成峰的事你知道吗？尹老师告诉我，说你入学的时候就写着父亲去世，你知道他还活着吗？"

伊南看着乔安南的模样，有点想笑，他可真不像个警察，倒像是邻居家的大婶，一边小心翼翼地变换着让她舒服的措辞，一边绞尽脑汁地从她嘴里套话。

不过伊南想，这都是他一厢情愿。父亲也好，伊成峰也好，对她来说，都只有一个含义——死人。

"妈妈是这么说的。"

"可是你知道伊成峰没死，对吗？"

伊南晃动着手里的水杯，斟酌了很久，才说："我去年才知道的。"

"你怎么知道的？"

我怎么知道的？伊南把目光移向窗外。

"去开门。"妈妈正在缝纫机前忙碌着，身边堆放着手工做的毛绒玩具、靠枕、手编鞋——这是这么多年来，她们三口的全部生活来源。

而这间不足十平方米的小屋，就是她们的"家"。房间里最大的家具就是伊南和伊洛的上下铺。妈妈在下铺伊南的床上搭一块木板，权当她们的书桌。

伊南听到妈妈的话，瞥了一眼坐在她身边的伊洛，伊洛不情愿地从小凳子上起来，慢吞吞地去开门。

"你找谁？"

半天没有回答，伊南和妈妈都转过头，看向门口。

门口站着一个年轻的女人，穿得好像电视里的女人一样，戴一副墨镜，她摘下墨镜的瞬间，房间里都亮了起来。

真漂亮啊，伊南心里想。

"韩敏是吧？"女人冷冷地扫了一眼妈妈。

"你是谁？"

"你不知道我是谁？"女人眯起眼睛，冷笑了一声。

明星吗？伊南看到伊洛用嘴型对她说。她摇摇头，表示不知道。妈妈以前是歌舞团的演员，认识一两个能上电视的明星也说不定。

"我是伊成峰的妻子，马清清。"

伊南清晰地听到了伊洛倒吸冷气的声音。

每一次填写个人资料，她们都会认真地在父亲栏写下"伊成峰"三个字……这三个字，于伊南和伊洛来说，是不可亵渎的信仰，在一次次被母亲打骂，一次次被同学羞辱，一次次因为贫穷买不起东西的时候。

如果父亲没死……她们的人生是不是可以重新再来一次呢？伊南望着马清清，不明所以地产生了希望……爸爸没死……

"是马清清说的。"伊南从人来人往的大街上移回目光，冷冷地回答。

"嗯？马清清去找过你们？"乔安南看起来很吃惊。

"嗯。"

"她说了什么？"

"她只说是伊成峰的妻子……妈妈就让我们出去了，我不知道她们说了什么。"

"伊成峰从来没有找过你们？"

"嗯。"

"你母亲去世以后，他也没有来过？"

这样的事实，经乔安南的口说出来，别具讽刺意味。伊南抿着嘴，"我们去找过他。"

如果乔安南有眼睛，那么一定能看到，她和伊洛去找过伊成峰，但这对她们俩的生活并没有什么帮助。一个富得像国王似的父亲，两个穷得像乞丐似的女儿！在这个警察的眼里，她们有足够的理由痛恨他，不是吗？

乔安南目露由衷的同情，在他张开嘴，想说什么之前，伊南转换了话题，"监视器没有发现凶手吗？"

"没有。从昨天晚上，到案发，我们只在监视器上看到了……那个女孩。"

伊南皱起了眉头。

"他，他们……的死亡时间呢？"

"哦，半夜十一点到子夜一点之间。"

"凶手是那个保姆吗？"

伊成峰别墅安装着摄像头，如果没拍到外人进入，那么就证明，出事的时候，除了受害人之外，只有那个小保姆余莉在了。难怪她会听到马清清妈妈在停尸间哭骂她"狼心狗肺",要把她的眼珠子抠出来……可是,那个小保姆没跑,还报了案。

如果凶手另有其人,那就是——"一个看不见的凶手"?啊,这个案子,就算是传说中的密室杀人案了?

乔安南审视着她的表情,露出很感兴趣的样子:"你认识余莉吗?"

见过几次……算认识吗?伊南又想起那个总是跟在马清清后面,露出一副狗腿子脸的女人。

"见过。"

"你觉得她是凶手吗?"

"我不知道。"伊南有点后悔追问这个问题——她对追凶一点儿兴趣都没有。

"伊南,如果你恨你爸爸……那么反过来,你会感激凶手吗?"乔安南问了个奇怪的问题。

伊南摇摇头,"不会。"

乔安南叹了口气,"你没去过别墅,那么是伊洛吗?你妹妹长得和你很像?"

"我不知道,我们不像。"伊南冷冷地说。

干吗一定要找伊洛呢?就算她早上去过别墅,那个时候,人已经早死了,她又不可能是凶手!

乔安南叹口气,很惆怅的样子:"哎,这下麻烦了,如果是伊洛,她现在在哪儿呢?她老师说她没来上学,打她手机也没人接……你知道不知道她平时经常去的地方?"

"不知道。可是,为什么一定要找她?"

乔安南有点怪异地看着她:"你妹妹才十五吧?你不担心她吗?"

担心?妹妹从来不需要她担心的。她也不想担心妹妹。

"妈妈去世以后,伊洛就经常不回家了。她……她很聪明,讨人喜欢,会自己照顾自己。"伊南平静地说。

"老师说她经常旷课,她旷课去哪儿?是和你爸爸在一起吗?"

"我不知道。"

"余莉说,伊洛经常去别墅……你很少去,最近一次去是一个星期前了。"

伊南点头。

"为什么?"

"伊洛是去要生活费的,一个人去就可以了。"她几乎是咬着牙说出生活费这几个字——老电影里,不受宠的二房子女,去向耀武扬威的大房要钱,总是可怜的,可是天知道,她们不是二房,她们是伊成峰第一任太太的孩子!如果妈妈是个性格柔弱的女人,那也算了,可惜她强硬得像一颗子弹——每一个动作、每一句话,都能刺中她们的痛处。

妈妈把所有的强硬,都送给了两个女儿。

"生活费啊……那这么说,伊洛跟伊成峰和马清清的关系比较熟了?"

"可能吧。"

"那你有没有听你妹妹说过,伊成峰和马清清有没有什么仇家,有没有和人结怨,和人吵架?"

"伊洛不和我说这些事。"她知道,在别人眼里,她和伊洛是多么的奇怪——她们从不一起上下学,学校里很多人到现在都不知道她们是亲姐妹。

性格不合——她们是这么解释的,可是真是如此吗?

她在心里冷笑,这个世界上,没有比她们更"合"的姐妹了。

乔安南看着她,眼光转为耐人寻味的若有所思。

"要不要再来一碗饭?"乔安南体贴地问。

菜还剩下那么多……要是还能再吃一碗就好了。

这个想法一冒出来,她就想给自己一巴掌。

没出息!叫你没出息!耳畔响起妈妈尖锐的叫声,下一秒钟,脸颊火辣辣的疼。

"不用了,谢谢。"伊南垂下眼睛。

"嗯,那就好。我们走吧。"

有服务生麻利地过来打包饭菜,乔安南一手拎着饭盒,一手背着伊南的书包,走在前面。

"那个,我可以回家吗?"伊南跟在他后面。

还要回警察局吗?她希望能快点回家,今天耽搁一天的课了,她不知道得用多少工夫才能补回来。

"回家?"乔安南摇摇头:"我们现在都知道你没有表姨,未成年人不能单独住。"他露出一个亲切的微笑:"我会帮你想办法的。"

4

一辆摩托车飞速超过乔安南的车,漂亮地急转弯之后,骤停在乔安南车前。乔安南急忙踩下刹车,就算如此,惯性的力量还是让他的肚子撞到了方向盘上。

"你没事吧!"乔安南赶快回头看伊南。她的头撞在乔安南身后的驾驶座上。"没事。"伊南捂着头望向前方。

摩托车手下车,摘掉头盔,露出一张漂亮脸蛋,她穿一身深灰色工装,工装胸口有"茵宝汽修连锁"字样的标牌,脚上蹬着一双黑色马丁靴。她表情清冷,不屑一顾似的。

乔安南嘟囔着摇下车窗:"小绿,再这样下去,我真要英年早逝了。"

摩托车手不耐烦地昂着下巴:"到底什么事?我忙着呢!"

"再忙,安全问题也得注意啊,我这车上还有未成年人呢……"乔安南一边责怪,一边下车,关好车门。

摩托车手伏低身子,看了一下车里的"未成年人"。

这个酷帅的女摩托车手,只看了伊南一眼。

乔安南一直笑眯眯的,几乎以一种巴结的姿态央求着什么。而她,从头到尾都是冷漠和不耐烦。

伊南深吸了一口气,想象自己好像货物一样被带来带去,从一个人手中,转移到另一个人手中。还有一百零三天……她只要再坚持一百零三天。只要过完十八岁的生日,她就可以脱离眼前的一切了。在这之前,她只能扮演一个无助的需要帮助的可怜小女孩。

不知道乔安南说了什么,女摩托车手迟疑着,终于点了点头,她再次看向伊南。伊南注意到她有一双特别清冷特别澄澈的眼睛。

禾小绿——乔安南介绍说是他的朋友。伊南不知道一个汽修厂的修理工和警察是怎么联系到一起去的,她只知道,乔安南信任禾小绿。

她的家是一个小小的一室一厅,禾小绿站在屋子中央,指指点点。"那是卫生间,那是厨房,厨房里有冰箱,里面有水果和酸奶,你随便吃。这个沙发可以打开当床,你就睡在这儿吧。"

伊南沉默地点头。

禾小绿打量打量伊南的身量,双手交叉在胸前:"你多大了?有十五吗?"

"我十七了。"

"个子那么小……带换洗的衣服了吗?"

伊南摇摇头。

"我回来的时候给你买两件内衣,155\70A?"

伊南咬咬嘴唇,点点头。"谢谢……"

她的脸涨得通红，没有比现在更难堪的时候了。高一的时候，她央求妈妈给她买胸罩，妈妈说，反正那么小，也看不出来——她马上十八岁了，还没有戴过胸罩，也许真的不需要吧？

她忍住不去看自己稚嫩娇小的胸部，好像放了酵母的面团，还没来得及膨胀，就迅速冷却了。就像她这十七年遇到的所有希望，还没开始，就逐一破灭。

禾小绿无可无不可地点点头："那你下午就在这儿休息休息吧，睡觉也行，看书也行，看电视也行。喏，这儿有一把钥匙，你要是出去，记得把门锁好。"

禾小绿丢给伊南一把钥匙，看着她："好，还有问题吗？"

伊南怔怔地摇摇头。

"那我回去干活了。"禾小绿吐出一口气，伊南还来不及反应，她就一阵风似的出了门。

门"砰"的一声过后，伊南一个人了。

伊南拿着那把钥匙，又怔了一会儿，打量一下房间，才慢慢地把书包放下。她深深地吸了一口气，走到客厅的电话机旁边。她拿起电话，拨打了伊洛的号码。

自从妹妹有了手机，她从来没有给她打过一个电话。她恨那个手机，和厚着脸皮、喜滋滋用那个手机讲电话的妹妹！但现在不一样了，她必须要给她打个电话，告诉她，那么多人在找她，告诉她，父亲已经从这个世界上消失了。

电话通了，伊南屏住了呼吸。片刻，电话那端传来了一个声音，却是个男人。

"哦，是伊南吧？"

"你是……"伊南反应过来："哦，乔叔叔？"

乔安南"呵呵"地笑起来,好像伊南记得他的声音,让他由衷高兴似的:"是啊,伊南,伊洛的手机在我这儿,不好意思,我正在看她的通话记录找线索呢,你就打电话来了——我看到小绿家的号码,就知道肯定是你打的。"

"那,伊洛……"

"伊洛还没找到。我们根据她的手机定位找到了她的手机,就在你家,看来她没带手机出去。"

"哦。"

他去过她们的那间小出租房了?伊南脸上一阵发烧,如果可能,她不想让任何人看到她们母女三人的那个"家"。

"伊洛这个手机是新买的吧,好像没什么通话记录,她不经常带手机出门吗?咦,短信记录倒很多,哦,都是同学之间的聊天……伊南,你最后一次见伊洛是什么时候?"

伊南沉默了一下:"昨天晚上。"

"那是几点?尹老师说你经常熬夜,是吗?"

"昨天没有。我十点就睡了。"

"她今天早上就不见了?"

"嗯。"

"那她昨天有没有说要去别墅?"

"我们没说话。我也没注意她。"

"这样啊,伊南,我得跟你说一声,按道理失踪不足四十八小时,警方是不能立案的,但是伊洛是未成年人,也可能是别墅那个案子的目击者,所以我们现在就要采取行动了……你放心,我们一定会尽快找到她的。"

伊南不置可否,握着电话没有出声。

目击者?目击什么……凶手会在夜里杀完人后在现场停留到早上

六点吗？那么警察认为的目击会是什么呢？这些警察，是不是因为太闲，所以才老是做这种无聊的事情？

"那就先这样吧。我晚上有空，顺路把伊洛的手机给你带过去。"

"不用了，您找到伊洛，直接把手机给她吧。"伊南很快地说，她没把握自己见了那个手机，会有什么反应，是把它从小绿的窗口丢出去，还是直接砸烂？

乔安南很理解地，用娓娓谈心似的语气说："这手机是你爸爸送她的吧？"

"嗯，是吧……我不清楚。"伊南冷淡地说。

她当然清楚，为了这个手机，她曾经一个耳光掴在伊洛的脸上。"贱啊！人家不要了，当垃圾丢给你，你也要！"

妹妹脸上鼓起了五道红红的指痕，却对她扬起下巴："我管它谁用过的，哪怕是狗用过的，我现在白捡了个便宜，我也喜欢！呸！你装什么装，还不是妒忌我捡来的便宜！"

伊洛上前当胸给她一拳，这拳打得她半天没喘过气来。

不知道什么时候，伊洛的力气都已经超过她了。伊南想着，握紧了拳头。

"伊南，伊南……你还在听吧？"电话那端传来的乔安南的声音，把伊南从回忆中拉了回来。

"哦，乔叔叔，我在听。"

"嗯，我没什么事了，你好好休息吧，身体好了吧？"

"好了。"

"那就好，手机我就直接还给伊洛了。"

"嗯。"

乔安南收了线。

伊南放下电话，皱皱眉头。

伊洛自从拿回那个手机,就一直带在身上的……这是她有生以来,属于她的最贵重的物品,她没钱拿手机上网,就拿这个手机当游戏机玩儿。它是她的宝贝。她没顾得上拿她的宝贝就跑出去,得有多慌张?如果发现没带她的宝贝,为什么不赶紧回来找呢?是因为什么原因不能回来?乔安南刚才说,他们要采取行动了……会是什么行动呢?

伊南窝在沙发上,双腿收起来,双手抱膝,发起呆来。

5

禾小绿晚上八点钟才回来,她带来了一份皮蛋瘦肉粥和一笼包子。

"吃饭吧。"禾小绿把东西放在客厅中央的茶几上。

正在做作业的伊南抬起头,和禾小绿对视。这一眼,她就明白了,乔安南已经把她的情况告诉禾小绿了。

可怜的孩子……孤儿……穷困潦倒,欠了两个月房租,没有钱吃饭,妹妹失踪……

伊南简直找不到一个能让禾小绿不要同情她的理由。她匆匆低下头,开始吃饭。好在禾小绿并不啰唆,她转身去了卧室换衣服。伊南松了口气。

吃好饭,她麻利地收拾碗筷,把垃圾扔到厨房的垃圾桶里,洗碗,擦桌子……这都是她做熟了的工作。

"你去洗澡吧。"禾小绿走过来,"今天你睡卧室。"

"不用了。"她捏着手里的抹布,轻声说,"我睡客厅就行了。"

"明天你睡客厅,我们俩轮流。"

"明天你睡客厅,我们俩轮流。"伊南坚持。

"好吧。"

这种程度的"关爱"还没有触碰到她的底线,是可以接受的范围,即便这样,她也最大限度地保证了自己的谦卑有礼。

天啊,她真恨这样的自己!

禾小绿的浴室很小,但是里面五脏俱全。看着房间里乳白色的暖气,她有一瞬间的失神。

第一次看到这种暖气是在许文文家里——那个三室二厅的大房子,装修高雅而舒适,许文文穿着漂亮的小短裙,在房间里跑来跑去……那是冬天,伊南还穿着厚厚的旧毛衣和臃肿的廉价外套。她第一次知道,原来这样的暖气可以让房间里变成夏天。

伊南闭起眼睛,慢慢地脱衣服。

她印象中的浴室也不是这样的,从小到大,她只在公共浴池洗澡。后来搬到福合巷,附近没有公共浴池,就在房东的厕所里用热水器。洗澡的时候,有时候会听到楼道里有人跑动的声音、说话的声音,有时候还会有其他人催促的声音。“伊南,快点,我们家囡囡也要洗澡了!”

“每次都这么慢,伊洛,去催催你姐姐,还要不要别人洗了?”

房东厕所的门插销摇摇欲坠,她不得不在每次听到这些话的时候紧紧拉着门……

伊南已经脱得只剩下一条小内裤了,禾小绿忽然一头闯进来,她猝不及防,抓起一条毛巾抱在胸前。

禾小绿的眼睛落在她的身上,表情先是震惊、疑惑,而后,这两种表情又合而为一,演化成强烈的同情——那种伊南在别人脸上看到的最熟悉的表情。

“这都是怎么弄的?”禾小绿走过来。

伊南眼角的余光瞥向镜子里——那个怯弱瘦小的女孩,伤痕累累。

禾小绿弯下腰,把目光集中在了伊南大腿上那斑驳难看的伤疤。她伸出手，伊南赶快蹲下身，把腿蜷起来。

"是我不小心弄的。"伊南镇静下来，态度冷淡而不耐烦。

"不小心点鞭炮的时候，把点燃的香摁到自己腿上了？还不止一次？"禾小绿直起身子。

"不用你管！"伊南怒视着禾小绿，"这是我自己的事儿！"

"好，你自己的事儿。"

禾小绿耸耸肩，出乎伊南意料的没有寻根究底。她深深地看了伊南一眼，把新内衣和睡衣放下，很快地走出去。

伊南竖起耳朵，侧耳细听，这个禾小绿会不会立即打电话给那个姓乔的警察，大惊小怪地讲她刚刚看到的事儿？到时候她该怎么说呢？

这或许是个考验她的机会——在卧室的相册里，伊南看到了禾小绿身着警察制服的照片。

卧底还是辞职了？

伊南不知道，她只知道，她依旧和身为警察的乔安南保持着良好的关系，这就足够了。

客厅里静悄悄的，似乎禾小绿已经回到卧室睡下了。没关系，她早晚都会说出去的。伊南抚着自己大腿上那些坑坑洼洼的伤疤，对着自己冷笑两声。

那是去年冬天的事了。她还没起床，就被妈妈从床上揪着头发，扯到地上。

"说，这是怎么回事？"妈妈的脸上罩着黑云，她一看到这样的妈妈，全身的血液都要凝固成冰。

"妈妈，我错了。"她穿着内衣，站在冰冷的地面上，弄不明白自己做错了什么事，先出口哀求。

妈妈把一张卡片摔到她的脸上。"贱骨头,不学好,小小年纪,就学人家谈恋爱!"

卡片掉落在伊南的脚边,她一看,头皮一阵发紧,喉咙像是被人扼住。那是罗思明写给她的情人节卡片,上面有"很想和你在一起"的字样,她收到的时候,心里小鹿一阵乱撞——虽然在那之前,她根本没时间注意他。

可是,被许文文称为"班草"的罗思明,又高又帅,家境优越,喜欢她这样一个灰姑娘,这难道不是童话故事吗?她为什么不能享受其他人都在享受的虚荣心和满足感呢?

这些话,她却不能告诉妈妈。任何解释在妈妈面前都是徒劳的。

这卡片怎么会在妈妈手里?她记得,把它好好地塞到英语课本包书皮的折页中。她猛然抬头看着正坐在上铺的伊洛。

伊洛对她吐吐舌头。

伊洛!她攥着拳头,指甲深陷到掌心中,刺痛,她真想用这些让她刺痛的指甲,把伊洛的脸抓烂!

"说,他是谁?你们都做什么了?"妈妈的语调越来越冷,她的手里,不知道什么时候,拿着一把点燃的细香——妈妈不会无缘无故突然点一把香的。

伊南害怕得哭起来:"我什么也没做……"

"什么也没做你会把卡片藏起来?说!你们是亲嘴了,还是做别的了?"妈妈一脚蹬翻了她,把烧红的香头向着她赤裸的大腿摁下去。

那么热,那么痛!

"我叫你下贱!叫你不争气!为了你们读书,我把家搬来搬去,越搬越差,最后住到这不见天日的小破房子里,不就是为了让你们上好学校嘛!我为什么受这罪啊!不就为你们能出息点,给我争口气嘛!"妈妈的语气充满了怨恨。

她把她一切苦难都归结于她们。她不能允许,她为她们受了这么多苦,而她们还不够争气!

可是,怎么算争气呢?她要她考的好成绩,她考出来了啊……

就因为别人送她的一张卡,她就"下贱"了么?

是不是她没有人追,没有人喜欢,就是"高贵"了呢?

伊南搞不懂妈妈的标准,她也不需要搞懂。空气中弥漫着她被灼伤的皮肤散发出来的焦煳味道。

"妈妈,妈妈,我错了……"

"还敢哭!"她的哭嚷好像让妈妈更生气了,她再次把香头狠狠地摁在她的大腿上。

伊南咬紧了嘴唇,不敢再哭出声,可是,那是多么痛啊!痛得她五脏六腑都拧成了一团!她咬破了自己嘴唇,血顺着她的下巴淌了下来。

她抬起头,看着高高坐在上铺的伊洛。伊洛的眼睛弯弯的,嘴角也是弯弯的,手指头摸向她的膝盖——她在向伊南示威。就在一个月前,她被妈妈罚跪了一夜,而她把这笔账记在伊南的头上,很明显,她是在报复!

可是她的手为什么在颤抖?

她也会疼吗?

哦,对了,妈妈有时心情好,对她们进行亲情教育的时候,总说姐妹俩从出娘胎就生活在一起,风雨同舟,息息相通,是天大的缘分,她们是共生一体。是了,共生,所以,她的痛,她能知道,她喊不出来的,她能听到?

伊南记得自己在巨痛的恍惚中,对着妹妹绽开一个没有温度的微笑。

第二章　我看到了两个死人

1

伊洛脚步虚浮地走在熙来攘往的夜市中,脏兮兮的书包在她肩头微晃。

应该先回家吧?脑子里有这样的想法……已经两天了,学校应该报警了吧?不,就算学校不报警,警察也会来找她。

"血腥命案之后的未成年人神秘失踪事件"——如果可以报道,报纸上会出现这样的标题吗?一切都好像是那么不真实!而这不真实的一切,却又实实在在地发生了!

说不定现在就有警察在跟踪她……在她家周围,在她可能去的任何地方,那些警察是不是已经埋伏好了?就等着她出现,一举将她抓获呢?像电视里演的那样。

她不可能抵抗,既没有武力抵抗,也没有体力抵抗,所以她希望,到时候抓捕的过程能够温和一点儿……

夜市里的烤肉、炸鱿鱼、炒面……所有热腾腾的食物带着各种香气混在一起，伊洛狠狠地咽下一口口水。

豆腐、青菜、粉丝、丸子、海带……一股脑儿地在乳白色的汤中翻滚，出锅的时候加一勺辣椒，一把香菜……

"小妹妹，吃砂锅吗？"摊主热情地招呼着。

伊洛拼命点头！

她发誓这是她最后一次饿肚子！

她以后再也不会过这种日子了！

半个小时后，伊洛捂着鼓鼓的肚子，从夜市的摊位上站起来。摊主来算账，看着桌上杯盘狼藉的样子，有些吃惊。"你一个人吃的？"

伊洛露出八颗牙，一脸满足，"嗯！多少钱？"

她的胃口一直很好，虽然她长得又瘦又小……妈妈就经常骂她，饿死鬼投胎。

"一共四十八。"

"四十五行吗？我吃了那么多，打个折吧，叔叔。"

老板失笑，"这几块钱还打折……你是一中的学生吧？小丫头还挺能吃……好吧好吧，就四十五。"

"谢谢叔叔！"伊洛笑着，从兜里拿出皱皱巴巴的五十块钱。

就剩五块钱了……哎，还是先回家吧。天真冷，今天下雨了！

这是个老式筒子楼，木质的楼梯和地板，天花板低矮，窗口被杂物遮住，到处都黑魆魆、脏兮兮的。

伊洛熟练得像只老鼠，在这样阴暗潮湿的环境里熟练地穿梭着。

楼道里静悄悄的。这房子隔音效果不好，几乎每一户人家说话都是压低着嗓门,偶尔会突然出现一两嗓子孩子的号啕尖叫和大哭,片刻也在家长的低喝声中或是哄劝声中迅速湮灭。

大人们总是要脸的,而小孩子可以不要脸——这就是大人们的逻辑。

妈妈不是这样的,妈妈极要面子,并且要求她和伊南,也要面子。

哭!

还敢哭!

不许哭!

妈妈的手好像钳子,狠狠地拧着她的肉。就算是现在,妈妈已经不在了,她偶尔还是能感觉到大腿、腰、胳膊上传来的剧痛。伊洛歪歪嘴——或者这也是好事一件,她已经很久没哭过了,连妈妈去世,她都没哭过。她觉得自己丧失了伤心绝望的能力。

伊洛蹑手蹑脚地穿过走廊,门口是房东家,里面传来电视的声音。走过一个公用厨房,就是她们一家三口住了三年的地方。走廊尽头的厕所门开着,涌出阵阵让人不舒服的异味。

伊洛拿了钥匙轻轻地插入锁孔。这个门锁和这房子一样,岁月侵蚀下,只剩下腐朽无用。

她已经极其小心了,但是扭动门锁的时候,还是传来轻轻的"咔嗒"一声。

几乎在同时,屋里的灯"啪"的一声打开了。

骤亮的灯光刺得伊洛睁不开眼睛。她闭了下眼,再睁开的时候,看见了一张正在低头俯视她的、异常严肃的脸。警察审视疑犯的表情,现实中应该就是这样的吧?

在他审视她的时候,伊洛也在审视他。他是个年轻男人,白白净净,高高大大,长得还挺好看的。

"你是伊洛吗？"

"我是。"

她其实应该问问他的身份的，可她太累了，实在打不起精神来明知故问。

"我是警察，我姓郑。"这个人拿出一张警察证，在她面前晃晃。他皱着眉看她，严厉的表情开始变得柔和点："这两天你去什么地方了？"

不用想，伊洛也知道自己在别人眼中会有多狼狈：淋过雨的头发贴着头皮，全身皱巴巴，湿答答的，灰扑扑的衣服上溅满了泥点。

"我没去哪儿……"

在对这个警察的危险评估作出了"基本安全"的判断之后，伊洛便不再把他放在心上，她拖着脚步，走到上下铺那儿。经过墙上挂的镜子的时候，她瞥到了自己的脸：脸色苍白，嘴唇青紫，像个刚刚从坟墓中走出来的小鬼！

伊南的床铺有些皱褶——这肯定不是伊南弄的，伊南在这件事上有执着的强迫症。难道这个警察这两天都睡在这里？伊洛想，如果伊南知道这件事，一定会把所有床褥都扔掉。

不过，警察在这里住，那伊南呢？她去了哪儿？

"没去哪儿？那为什么不回家？"警察板着脸，跟在她后面。

"不想回家。"她把肩头的书包摘下来，丢到自己的上铺。做这一点点动作，她便开始觉得眼前乱晃，腿软得站不住了。

"不想？"这个姓郑的警察又气了，嗓门大起来："你知道这两天警察和老师为了找你，跑了多少地方吗？"

伊洛揉揉眼睛，打个大大的哈欠："警察叔叔，我知道我错了……我知道我不该在网吧打两天两夜的游戏，我下次不敢了……"

"打了两天两夜的游戏？那你——"

"嗯，我四十八小时没睡觉了——实在受不了了，再不睡我会死……"她揉揉眼睛,开始往床铺上爬。

"哎,你!"

"我保证我不会再跑了,您不放心可以在这里看着我,等我睡醒了,一定会好好承认错误,一定会好好写检查,现在,我……"

她"咚"的一声倒在枕头上,几乎在闭上眼的瞬间,意识便混沌了。

接下来发生的一切都像是做梦,房东太太好像来了,大惊小怪地叫嚷,帮着那个警察用力地摇晃她,然后就是警察很大声音地讲电话,房东太太脚步"咚咚"的走来走去,再接下来,一切都安静下来。她在梦中满足地叹口气,头一歪,沉沉地进入了深度睡眠。

2

她去哪儿了?

她在这里!

在这里!去那边找!不对,是那边……

伊洛迷迷糊糊地想着,得赶快躲起来……房东太太老早就说了,再不交房租就把她们赶出去。她眼前好像突然出现一个柜子,她快速地爬了进去,很快松了口气,真好。

又暖和又安全。

她去哪儿了?有个声音如影随形地追问。

她在这里!又有个不怀好意的声音回应。

啊,她被发现了么?伊洛屏住了呼吸。不可能啊,她明明藏得很好……

那声音却不肯放过她,而且一声比一声大,刺得她耳膜都开始痛。伊洛用手捂着耳朵,拼命地摇头。

我不在这儿……

我不在这儿……

门"咔嗒"一声打开了，伊洛惊跳起来，发现她还躺在上铺的床上。

而门口，站着房东和两个陌生人——一个瘦巴巴的老头，一个矮胖的老太太。

"哟，你终于醒了啊？"房东太太的表情，是很少见的和颜悦色——好像昨天晚上凶恶地摇晃她的人不是她似的。

"先让孩子换件衣服，梳洗一下，我们在门口等吧。"矮胖的老太太体贴地说，并随即关上门。

梳洗一下？

伊洛低下头，看到自己还穿着昨天晚上那件脏兮兮的校服，摸摸头发，湿了又干的头发，蓬乱得像鸡窝。

她趴在床铺上，呆滞了十秒钟，才慢吞吞地跳下床。

那个警察呢？会不会也在门口守着？

伊洛忽然想起了她的手机，踮起脚摸摸枕头下的床垫，那里已经空了。住在她家里还不够，还要拿走她的手机？警察难道真的当她是嫌犯？

伊洛低着头想了一会儿。

门外传来了说话声，房东太太对那对老头老太太解释："警察这两天一直轮班在这儿等着她，她昨天晚上很晚才回来，一回来就爬上床睡着了，睡得跟死了似的，怎么叫都叫不醒，警察没办法，回去了，说今天早上再来，让我看好她，别让她又跑了，我一晚上揪着心，觉都没睡好哇！"

哦，警察不在啊，看来也只是当她是失踪案的主角，现在回来了，失踪案一笔勾销，警察也不上心了。哎呀，要是这样就好了！

伊洛在缝纫机下面的一摞脏衣服里面，找到一件外套和一条牛仔裤，闻了闻，好像发霉的鱼。

她毫不犹豫地换上了。这是最干净的衣服了——自从她们交不起房租以后，洗衣服也成了难事，她们不得不昼伏夜出，躲开房东的视线。

门口一直有窸窸窣窣的声音，隐约听到房东在笑……奇怪，她有什么高兴的事？已经两个月没见过房东好脸色了——不好！该不会是新房客吧?! 看那两个人的样子好像是夫妻，虽然年纪大了点儿，但是爷爷奶奶陪读也不是没见过……

伊洛拖拖拉拉走过去，把门拉开。

房东看到伊洛，赶快拉住她，"伊洛啊，你这小丫头，这两天到什么地方去了?! 大家伙儿多为你着急啊！"

"回来了就好，回来了就好。"胖老太太慈眉善目地说。

伊洛狐疑地看看房东，又看看那个老太太。这些人什么时候对她这么好过？他们在打什么主意？

房东一边带着老头老太太往房间里走，一边笑："不是我说啊，这个楼里，就数她和伊南有出息——要不然说是基因好呢？"

伊洛愕然地望着她。她印象中，就算是妈妈在的时候，房东也没用这么好的语气跟她们说过话。

旁边的老太太突然伸手摸摸伊洛的脸，伊洛吓得倒退了一步——这肯定不是新房客！

"可怜的孩子，我女儿跟她一样大的时候，模样也差不多……"老太太眼圈儿红了。

她女儿？莫非是来收养她的人？不会吧，她可不想要这么老的妈！

几个人挤在狭小的空间里，房东有些过意不去似的："不然你们去我房间聊吧，我给你们泡壶茶？"

"不用了。"老太太吸吸鼻子，"我们就在这屋聊吧……老马啊，你去把房租交了，这俩孩子怎么都过成这样了啊！哎，要不是我来，你说她们怎么过啊？"

"要我说也是这俩孩子有福——两个月没交房租我都没赶她们走，你说我这样的房东可不多见了啊！"房东太太一边笑着说着，一边往自己家走。

那个一直板着脸的老头，突然回头，狠狠地瞪了一眼伊洛，才跟着房东走了。

"这个老马！"老太太嗔怪地斜了一下眼睛，很自然地越过伊洛，走进了房间。

"哎哟，你看看……你妈妈不在了，你就这么过啊？你说说！这哪像两个女孩住的房子啊……啧啧……"老太太一边看着，一边品评着。

"你是谁？"伊洛站在门口，有一种奇怪的感觉，好像老太太才是这个屋子的主人，而她只是走错门的。

"哎哟，你看我这记性！"站在窗口望着院子的老太太突然一转身，笑得无限慈悲，"我是你外婆。"

外婆？

"我外婆早就去世了。"伊洛眨眨眼。这老太太该不是疯了吧？

"哦！"老太太不以为意，"我不是那个外婆……你认识马清清吧？"

老马！伊洛一下子明白了！

外婆？狼外婆还差不多！

"我们是马清清的父母……你看，她是你后妈，那你是不是要管我叫外婆呢？"老太太说着，眼圈儿又红了；"我知道，你后妈活着的时候很喜欢你，当自己女儿一样地看待，我见了你，跟见了我亲外孙女儿一样……"

开玩笑吧？！马清清，那个妖冶而恶毒的女人，当她是女儿？

伊洛瞪大眼睛——打死她，她都想不到会遇到这个场景！

老太太哽咽着："你应该也知道了吧……我们家清清，还有你爸爸……哎，出了这种事……我想你和你姐姐肯定过得不容易，越是这种时候，我们越要互相支撑……"老太太拿出手帕抹了抹眼泪。

"这两天听说你失踪了，我这个心焦得啊……今天早上起来我就一直眼皮跳,我跟老马说,肯定是你回来了……"她露出惨淡的笑容,"你回来就好。"

这笑容让伊洛起了一身鸡皮疙瘩。

伊洛还在思考。她的"狼外婆"和"狼外公"已经在伊南的下铺坐下了——他们肯定不只是来看看伊洛这么简单。那她看过伊南了吗?以伊南的个性,要她开口管这个老太太叫外婆,她肯定脸一拉,转身就走。

一想到伊南那张阴沉沉的脸,伊洛就忍不住翘起嘴角。

狼外婆开始翻弄伊南的床褥了。

"你们有什么事吗?"这可不是伊洛想过的场景。

人家说富在深山有远亲……她这辈子还没见过有人上赶着过来认她这个亲戚的,连她爸爸都不要她!这个老太婆能安什么好心?

老头瞪了她一眼:"没礼貌!"他刚刚给她们付了房租,估计正在胸口隐隐作痛,那脸色越发黑沉沉的。

老太太赶紧碰碰他的胳膊,转脸,一边摸着身下的被褥,一边对伊洛亲切地说:"孩子,看看你们这被子,这么薄,这房间里又没暖气……哎,你们都是受的什么罪啊!都怪你妈妈,当年跟你爸爸弄成那样,完全是因为她那烈性子,要不是她下死手,你爸爸至于翻脸不认人吗!哎,她要是为当年的事儿好好跟你爸爸道个歉,你爸爸也不会把事情做绝,自己的骨肉怎么也会照顾照顾,你们怎么会过这种日子吗?这个当妈的啊……"

伊洛的脸掉了下来。她妈妈千般万般不好,也不是这个老太太可以评说的!

"是啊。"她翻白眼,"我们就是穷命,习惯了。就不劳您二老费心了。"

老头子作势要站起来,老太太又按住他的胳膊:"这怎么是费心呢?这是应该的……我们以后就是一家人了,有些话啊……"

"一家人？"伊洛失笑。

"是啊，我今天就是来接你回家的。"她微笑着，"我已经委托律师在办理你们的收养手续了。"

伊洛望着她，忽然明白过来了，露出个讥讽的笑容。失去了马清清这棵摇钱树，又要想栽培新的了？

不过，她要这么想，可真是打错了主意！她跟伊南可不是那么好糊弄的！

正在想怎么打发掉这两个人，门外探进个脑袋来。

"靠，你总算回来了！我以为你死外面了！"是瞿凌，穿了一件脏兮兮的外套，一边擦着鼻涕一边往里走。

"嗯，我回来了。"伊洛懒洋洋地走过去。

没教养，没上进心，没自尊，没脑子……凡是妈妈喜欢的，瞿凌一样都没有。就在两个月前，伊洛都想不到自己会跟这样的人做朋友。

可是有什么办法呢？对于成天旷课的她来说，也只有瞿凌这种父母成天都在外面赚钱，把她托付给一家心不在焉的亲戚照管的孩子愿意和她做朋友了。

有的时候，人生就是无从选择啊。

瞿凌咧咧嘴："跑哪儿去了，我还以为你携款私逃了呢！"

伊南记起欠她一百块钱的事儿："切，至于嘛，就一百块，我一会儿就还你！"

"伊南给我了。"

瞿凌一边说，一边打量屋里的老头老太太。他们正在窃窃私语，趁着伊洛离身，不知道在讨论些什么。

"你们家亲戚？"伊洛不答，她拉着瞿凌的胳膊向外走："走，咱们出去玩儿。"

"哎，不管他们了？"

伊洛没吭声，走到房间里，从床铺上拿起书包背上。

"这是干吗去？"狼外婆马上问。

伊洛装作没听见，拉着瞿凌走到大门口。

"那你家家门就这么开着？"瞿凌不放心地回头。

"我那家啥都没有，还怕他们偷东西？"伊洛拉拉书包带子，满不在乎地说。

"伊南还你钱了，你问她要的？"伊洛问瞿凌。两个人走出福合巷，沿着马路一边走，一边聊天。

"你不是说要钱的话，就去找伊南嘛，我星期一去找她了，她说她星期二还我，嗯，星期二我在校门口正好碰到她跟你们表姐了，我问她钱的事儿，你表姐还我了。"

"表姐？"哪儿冒出来的表姐？又是外婆，又是表姐，她死了一个爸爸，多出了好多亲戚啊！

"嗯，骑着超酷的摩托车，短头发，长得可漂亮了，我问伊南她是谁，伊南说是你们表姐，哎，我怎么以前没见过她啊？"瞿凌的口吻中充满了好奇。

"是她还你的钱？"狼外婆和狼外公抢着帮她们付房租，"表姐"抢着帮她们还债，真是一群好亲戚！

"嗯，她人特别爽快，听到我问伊南钱的事儿，二话不说就把钱给我了。哎，我可不是催你啊，谁叫你失踪的！打你电话也不接，我多怕你出事啊！"

"欠债还钱，天经地义！"伊洛不在意地摆摆手，"伊南跟她在一起？"

"是啊，她这两天都没回来住。昨天我来找你，你们房东一直抱怨，她怕你们从此都不回来了，欠她的房租就黄了！"

伊南跟一个骑摩托车的年轻女子在一起？谁啊？

"哎,学校说的是不是真的?你有个爸爸,你爸爸刚死了?"

伊洛耸耸肩:"真的。"

"听说你那个爸爸很有钱,哇哦,你可发达了!全世界最好的事儿,就是有一个有钱的爹啦!"

"他死了好不好!"伊洛白眼。

"有钱的死爹更好!钱都是你的啦!"

是吗?真是那样就好了!她跟她那死去的爹的财产之间,还隔着"狼外婆"和"狼外公",还隔着那个性格又臭又硬的伊南!

伊洛向瞿凌伸出手:"电话给我,我打个电话。"

瞿凌把电话拿出来递给伊洛,"你电话呢?"

伊洛转过身,按了自己的电话号码,再揿下通话键,电话很快通了。

"伊南!"她在对方说话前,先开口。

"嗯,伊南不在。"对方是个男人,"你是哪位?"

"我是伊洛!你是谁啊?我电话怎么在你那儿呢?"

"哦,我是警察……"

警察?听上去并不是昨天晚上的那个。伊洛笑嘻嘻起来:"警察叔叔?你怎么会拿着我的电话?"

"伊洛,你在外面?不会是又偷跑出去了吧?我们可找了你好几天,昨天等你回家的警察不是跟你说好了,要你乖乖等在家里,今天早上我们要去找你吗?"这警察跟"十万个为什么"似的,一股脑儿丢出一堆问题,就是不回答她的问题。

"我没跑,我出来溜达溜达,昨天晚上我睡着了,没听到那位警察叔叔说什么啊……"

"那你现在在哪儿呢?我去接你——"

伊洛眼珠子转了转,她扬起声音,"喂?喂?怎么听不到了?喂……"伊洛挂了电话。

瞿凌在一边瞪着眼睛,小心翼翼地望着她,"警察?"

伊洛没说话。

瞿凌的电话在三秒钟之内又响了起来。她看了一眼:"你的号码。"

伊洛一挥手:"不管它。"她按了静音。

"警察哎!"

伊洛挎着瞿凌的胳膊:"钱是还你了,利息不是还没给吗?想吃什么,我请客!"

"可是……"

"走啦,我正好有个好东西给你看!"

看到伊洛把一条漂亮的白金项链放在玻璃柜台上,瞿凌的眼睛都快瞪出来了!

"你们这里回收不回收白金项链?这条是新的,能不能卖给你们?"

店员怀疑地看了伊洛一眼,叫来了珠宝鉴定师。瞿凌激动地拉着伊洛:"至少得卖上三千块吧?"伊洛嘻嘻一笑。

负责鉴定的珠宝师戴上眼镜,开始检查。

"哇,你可发达了!你从哪儿弄的?你妈妈的?"

"可能吗?我妈整天穿得跟卖菜的大婶似的!她怎么会有这种东西!"伊洛撇着嘴。伊洛在瞿凌面前,从来不掩饰自己对妈妈和伊南的不屑。

"那倒是……哎,不对啊,那你爸爸那么有钱……你们以前不知道吗?"

伊洛没回答。

"傻啊你!"瞿凌开始呵斥伊洛,"跟钱过不去!你早知道就应该早去他们家,让他给抚养费!"

说得好像开冰箱门一样简单。

瞿凌突然惊叫起来:"刚才警察找你!这项链——不会是你偷的吧?"

声音大到整个店里的人都开始侧目。

"我捡的。"伊洛微笑着，也大声回答。她已经习惯了面对这个"猪"一样的队友。

珠宝鉴定师已经鉴定好了。"这是个假的！仿得不错，做工还行……"

"假的？！"瞿凌看起来比伊洛还失望，"怎么会是假的？"

"那这个能卖多少钱？"伊洛问。"二百块钱吧。"珠宝鉴定师说着，把项链还给了伊洛。"卖你吧。一百五。"她笑眯眯地说。珠宝鉴定师失笑，"我们这里回收的必须都是真金白银，不收赝品。"伊洛耸耸肩，把项链塞到瞿凌手里，"那卖你吧，一百。你要是忽悠你妈买了，可能还不止二百呢！"

瞿凌犹豫了一下，"给我妈，还不如我自己戴呢！"她把项链在胸前比画了一下，"好看吗？"

"好看！"

"好！那我明天给你钱！"瞿凌喜滋滋地戴上项链。

伊洛拖着瞿凌走出去，"不急。我好饿啊，我们去吃饭吧。"

伊洛和瞿凌在一个麻辣串的摊位前，点好了餐。

"咱们等会儿去哪儿啊？"瞿凌问。

她这两天也很寂寞吧？伊洛想……好不容易考上了重点高中，如果不是妈妈突然去世，她应该会和伊南一样，每天拼命念书念到高三，大学，研究生，博士……

如果真是那样，那么瞿凌现在会是一个人吗？一个朋友都没有。为什么要让瞿凌上重点高中呢？赞助生的身份和她有限的智商，明显不属于这里——伊洛叹口气。不知道是为了瞿凌，还是为了自己。

"不知道，等会儿再说吧。"她望着四周，看到一个低头打电话的男人，眼神马上变得机敏。

"怎么了？"

"没事，先吃吧。"伊洛望着那男人走远。

老板刚刚端上菜，一个三十来岁、打扮得斯斯文文的男人走过来，看看她们，笑了笑，不客气地坐在了她们俩中间。

"哎，你这人！"瞿凌不高兴了，"那么多空位置！"

"你们俩是学生吧？"男人微笑着。

瞿凌凶巴巴地哼了一声，"大叔，我们未成年！"

伊洛扑哧笑出声，鼻涕差点喷出来，赶快拿点纸巾擦着鼻子。瞿凌因为身体早熟，又经常在街上游荡——已经不止一次遇到这样的"怪叔叔"了。不过这么标致的"怪叔叔"可不多见。

男人也笑了，"你以为我要做什么？"

瞿凌冷哼，"我管你要做什么……离我远点！"

"你是一中的学生吧？现在是上课时间……我猜你旷课，你父母肯定不知道。"男人笑眯眯地说。

"关你屁事啊！"瞿凌怒了。

要不要这么无聊啊？伊洛皱眉，看了一眼这个男人。她拿起桌上瞿凌的电话，拨通了自己的电话。熟悉的电话铃声很快在那男人身上响了起来。伊洛挂断电话，看着掏出电话的男人，吐吐舌头，"警察叔叔好。"

从她打第一个电话到警察出现，一共只过去了半个小时。哇哦，这警方的手机定位技术，可真不是吹的！

3

"我姓乔，乔安南，你可以叫我乔叔叔。"这个警察叔叔好脾气地笑笑。

"乔叔叔好。"伊洛很爽快。他虽然不是她舅舅，但是他刚刚请了她和瞿凌吃麻辣串——可惜一吃完，就带她去了警局。

伊洛有些激动,这是她第一次到警察局。她把书包抱在胸前,左顾右盼地打量着——感觉每个人都很忙,并没有人注意到她和乔安南似的。

"你喝茶吗?"乔叔叔转身去倒茶。

他沏的是枸杞茶,里面还放了些不知道是什么的药材。伊洛起身看了看,乔安南马上举起茶杯,"来点儿?"伊洛摆摆手,"算了吧。"闻着就让人心情抑郁。乔安南也不介意,慢吞吞地拿出个马克杯,给伊洛冲了杯速溶奶茶。

"你昨天晚上回来的?"乔安南把马克杯推向伊洛,像是个老朋友似的问。

"是啊。"她抱着茶杯,小心地闻了闻,才喝起来。热乎乎的奶茶马上让她温暖起来。

"这两天你去哪儿了呀?"

"嗯——在网吧打游戏啊,打累了,就去街上逛逛,公园转转……去的地方可多了。"

乔安南笑了,"你经常这样吗?"

伊洛耸耸肩膀,放下马克杯,"有时候吧。"

"什么时候?不开心的时候?"

伊洛点点头。

"生气的时候,烦躁的时候?"乔安南笑着,伊洛一直点着头,"还有看到爸爸尸体的时候吗?"

伊洛没吭声。两个死者并排躺在硕大的床上。男的上身赤裸,下身穿着平角短裤,平躺在床上,左胳膊搭在床沿,脖子歪着,右腿搭在女的的大腿上……女的穿着黑色丝质吊带睡衣,睡衣带滑落在肩头,两只手随意摆在身体两侧,眼睛大睁,死不瞑目。两个人的胸前都是一片鲜血。

伊洛一辈子也忘不掉这个画面!

伊成峰和马清清都死了。这画面会作为她难得的美好回忆，永远活在她的脑海里。

她默默地拿起桌上自己的手机，翻来覆去地检查，确定安然无恙，才放心地放进口袋。

"你出去的时候忘带手机了。"

"嗯，忘了。"

"我记得，我那时候省吃俭用，存了两个月的钱才买了第一个手机……恨不得睡觉都抱在一起啊。"乔安南感慨地说。

"你们那会儿没有 Iphone 和 Ipad 吧？"她想了想说。

乔安南哈哈笑，"我们那会儿还用 BB 机呢。"

伊洛眨眨眼，表示不懂。

乔安南又笑，"已经通知你姐姐了，她一会儿就到了。"

"哦。"伊洛没什么兴趣。

"你失踪了那么久，她很担心你。"

这是伊洛说的，还是他自己猜的？伊洛倾向于后一种。伊南才不会担心她，她都恨不得她永远消失才好。

乔安南喝了一口茶，望着伊洛，露出个玩味的表情，"那么说，星期一早上，是你去你爸爸家的别墅了？"

"嗯。"她端起茶杯，低着头。

"你看到什么了？"

"死人。"

"什么样的死人？"

"我爸爸和那个女人，他们躺在床上，一动也不动，身上有血……"

"你怎么确定他们死了？"乔安南饶有兴趣地看着她。

这个警察有一双不说话也会微笑的眼睛——和她妈妈正好相反，妈妈有一双不说话也会发怒的眼睛。

"我叫了他们两声，他们没答应，还有血，很多血……"

"你觉得他们死了，然后呢？"

"然后我就跑了，我害怕。"

她没刻意做出害怕的表情——事实上也很难。八岁的时候，外婆去世，十五岁的时候，母亲去世……她见过的死人足够多了，实在没什么可怕的。

"为什么没报警？"

"我害怕。而且，报警之后会有很多事情，会很麻烦。我不喜欢麻烦。"

乔安南静静地看着她，好一会儿没说话。很显然，他不相信她说的话。

伊洛并不担心。相不相信是他的事情。这就是她的回答。

"那这两天为什么不回家？"

"不想回家。"伊洛耸耸肩。

"即使是发现你爸爸的尸体之后，也这样？"

"那我可以怎么样？"伊洛放下茶杯，叹口气，"我总不能去抓凶手吧？"

乔安南又被她逗乐了。"你可以协助我们抓凶手。"他说。

才不要！伊洛心想。她谢谢这个凶手还来不及，才不会帮助你们。

她没说话，乔安南微笑着说，"伊洛，你感激这个凶手。"

伊洛笑了，"天上掉馅饼，虽然是好事，可是我也不会感激馅饼啊。"

乔安南笑了，"你姐姐说得不对，你跟她长得其实还挺像的，一看就是姐妹俩。"

伊洛愣了愣，同情地望着乔安南，"乔叔叔，你是不是眼神不太好啊？"

她们长得一点儿都不像，所有人都这么说。那个怪脾气，别扭性格的伊南！她才不想像她！

门外传来一阵脚步声。

"伊洛在这里面，老乔正问她话……"一个声音传来，很快，门被打开了，昨天晚上等她回家的那个年轻警察进来了，一见她就拧眉毛。而他的身后，是伊南！

伊南还是穿着自己那身洗掉色的校服——永远一副恃清高其实却凄凉无比的模样。伊洛在心里翻了个白眼。

"伊洛！"伊南阴沉着脸。

这个眼神伊洛无比熟悉。每次伊南准备发脾气的时候，都是这样。伊洛默不作声地站起来。她看到伊南的手动了动，她咬着牙没有动，硬生生地挨了这一巴掌。但是马上，她就还了伊南一脚。

她受够了伊南的道貌岸然！很显然，她打她一巴掌，不是因为她失踪了两天——伊南恨不得她永远失踪才好。她只是要表现出生气的样子——因为正常的姐姐，在这种情况下，要么就是哭，要么就是打，伊南可不会为她掉眼泪。

那个年轻警察吓了一跳，他赶紧一手拉着伊南，又一手按着伊洛。"不许打架！这是警局！"

伊洛冷冷地望着伊南。隔着警察，她和伊南用最仇视的眼光注视着彼此——这感情如此真实，就像这十五年来，她见惯了的。

"郑朗，你带伊洛先出去，我跟伊南说两句。"

"好。"叫郑朗的警察很听乔安南话的样子，他拉着伊洛的胳膊，把她拎出去。

出了门，伊洛把袖子从这个叫郑朗的警察手里夺回来，拉拉书包带，背好。

"干嘛啊，我又不是你的犯人！"她对他翻眼睛。

"还好你不是我的犯人！要我们的犯人都跟你似的，还不得头疼死！"

"是伊南先打我的！"她怒视一眼郑朗。这才几天啊，就有人替伊南睁眼说瞎话了,他看不到当时的情况吗?

"不声不响离家出走,折腾得人仰马翻,要你是我妹妹,我也得给你两下子!"

"你敢!"伊洛冷哼了一声:"我告你滥用职权!暴力执法!"

郑朗扑哧一笑:"滥用职权,暴力执法,你这小脑袋瓜儿,懂得还不少!"他双手交叉在胸前:"昨天晚上要你今天好好在家待着,你怎么就那么不听话?!"

伊洛正待说话,一间审讯室的门打开,从里面走出两名警察,带着一个戴手铐的年轻女人。女人脸色憔悴,头发蓬乱,双目红肿。

哦,这可不像她以前,她以前可一直是又整齐又利落的,一双机灵的眼睛,永远对她那个乖戾的女主人含着笑。

余莉,爸爸家的那个保姆!

余莉转眼也看到了她,她嘴唇翕动,想说什么似的,终于还是没有开口。她被带走了。

"她是凶手吗?"伊洛问警察郑朗。

"她现在是犯罪嫌疑人,不过,还没认罪。"

不认罪就是没罪了吗?她当然不会老实认罪——说不定她心里也在笑呢,伊洛很清楚,余莉有多讨厌马清清。

"你那天早上看到她了吗……"郑朗还没说完就停住了,他对着伊洛的身后,皱起了眉头。

伊洛转过脸去,见是一个富态的中年女人正急匆匆地走过来。

郑朗压低声音,抱怨说:"妈,你怎么又来了!"

郑朗妈妈手里拎着一个保温桶,白他一眼:"我又不是来找你的,没良心的臭小子。"

乔安南办公室的门开了,乔安南带着伊南从里面走出来。

见了郑朗妈妈,乔安南眼睛一亮:"郑妈妈,又是什么好吃的?"

郑朗妈妈笑了："我新学的,韩式参鸡汤,你跟组里的同事都分分。"

哦,她就是电视上演的那种,整天吃饱了没事干,实在穷极无聊,就拿自己煲的汤来骚扰别人的优裕家庭出来的主妇吧?不过,她的脸,看上去,真是亲切善良啊,让人油然而生一种亲近感,不像她妈妈,一见,就让人想逃。伊洛定定地看着她。啊,《世上只有妈妈好》那首歌里唱的妈妈,就是眼前这种妇人吧。

"哎,你没事就不要过来了啊,大家都那么忙,谁有空喝你的汤啊!"郑朗没好气地抱怨着。

伊洛想,这是不是就是传说中的"身在福中不知福"呢?

"我喝啊!郑妈妈做的汤最好喝了……"乔安南一边说着,一边接过保温桶,飞快地打开闻了闻,"哎,真香!"

伊洛也闻到了。她的肚子不受控制地开始抽搐——从她有记忆开始,她觉得自己就一直处于饥饿的状态,她总是想吃东西。妈妈说那是馋虫作祟……伊洛有些悲凉地想,如果每个人肚子里都有一只馋虫,那她的馋虫可能早就饿死了吧。

她咽下口水,飞快地挺直身体——在房间里的伊南正冷冷地望着她呢。

乔安南合上保温桶,笑眯眯地说,"郑妈妈,我正有事找您呢。"

"你说,你说。"郑朗妈妈笑呵呵的。

伊洛没想到乔安南把手放到她的肩膀上,将她推向郑朗妈妈。

"她叫伊洛,十五岁,上高一,很乖的孩子,因为家里有点困难,没大人照管。她姐姐住小绿那儿,地方小,再多个人挤不下了,那个,您能不能帮忙照顾几天?"他低头对着伊洛又笑笑:"你觉得怎么样,伊洛?"

"啊?"伊洛和郑朗异口同声。

伊洛的"啊"是惊奇,而郑朗的"啊"是不乐意。他一定还没有忘记刚刚她跟伊南打架的事儿。

"啊"过之后,她的反应比郑朗快多了,在他发声阻止之前,她就大声说:"我愿意!"

4

伊洛觉得自己像是躺在玫瑰花瓣儿做成的云朵上,周身的一切都是柔,都是软,都是香。她心里盛满了喜悦和新奇,哎呀,多么暖和啊,多么舒服啊……直到一个阴影走过来,停在她的身边。

"贱骨头的死丫头!死乞白赖地待在人家这儿!你当自己小要饭的啊,把家里人的脸都丢尽了!"

是妈妈!伊洛赶紧用手臂紧紧地护住头,要挨打了。但巴掌却好像迟迟没有落下来,似乎妈妈正拿不定主意,怎么样惩罚她才更能配得上她犯的这个滔天大错,才能更出气!

伊洛害怕得心揪成了一团,她拼命努力让自己哭出来——哭虽然不能让妈妈停手,但是哭可以让妈妈分心。她最怕别人知道她的两个好女儿这么听话,完全是被她打出来的!可是她越着急,就越哭不出来。最后她只能咧着嘴,干号道:"妈妈,还是打我吧,您踢我,您拧我吧,就别把我关起来,妈妈,求求您,别关我……"

狭小得几乎不能转身的黑沉沉的全间,冷冰冰的地板,霉湿的空气,僵直酸痛的四肢,渴得冒烟儿的喉咙,饿得缩成一团的五脏六腑……她怕极了这些!

"妈妈,别关我啊……我错了,我错了……"

"伊洛,伊洛,怎么,做噩梦了啊?"一只手放在她的肩膀上,温柔地摇晃她。

伊洛睁开眼睛,一张亲切的胖圆脸映入眼帘,啊,是郑朗妈妈!她正关切地凝视着她。

哦,她怎么会做这种梦?她的梦让她忘了,她妈妈已经死了啊。她抹抹脸颊上的泪痕:"大妈——"

"梦醒了,就别想它了!好孩子,起来吃饭了!"郑妈妈疼惜地用手指为她理了理睡乱了的头发。

伊洛看看自己身处的宽敞明亮的大房间,看看眼前慈祥的妇人,真实的感觉回来了,她的心里一下子快乐起来——啊,是啊,刚刚只是一场梦!没有人可以再把她从睡得舒舒服服的床上拎起来,掴她几个耳光,再关在小黑屋里头挨饿,再也不会有人这么做了!

她翻身跳下床,甜甜地喊了一声:"大妈,早啊!"

郑妈妈让她叫她"大妈"。伊洛叫了几次以后,发现"大"字发音模糊而短促,"妈"字则可以拖得很长,听起来,就好像是一个撒娇的小女孩在喊"妈——"

这位郑妈妈为此笑逐颜开,又是帮她找新睡衣,又是帮她吹干湿头发,又是帮她热睡前牛奶……

这世界上为什么会有这样的人?

伊洛临睡前一直在想这个问题——因为有她妈妈那种恨不得自己是法西斯的妈妈,就有郑妈妈这种恨不得当自己是保姆一样的妈妈吗?

这是种什么样的心理?她猜不出来。她只知道,她喜欢这样的生活。这才是有正常妈妈的孩子每天应该享受到的人生啊。

对伊洛的问候,郑妈妈的胖圆脸笑得满脸开花:"早,妹妹,昨晚睡得好不好?"

对,郑妈妈是上海人,上海人叫小女孩都昵称"妹妹",又亲切,又娇嗲。这可比做伊南的妹妹好太多了!

伊洛满足地叹气:"我都没睡过这么舒服的床!"不过早晚有一天,我会睡这样的床,住这样的房子,她心想。

郑妈妈的眼神饱含着同情和怜爱,她伸手,捋了捋她的乱发,柔声说:"乖妹妹,起来吧,早饭烧好了,看看合不合胃口?"

伊洛下床,发现床尾放了一身新衣服。粉红色的小外套,水洗牛仔裤,一双高帮运动鞋。

"今天早上我让郑朗爸爸去沃尔玛买的,那些专卖店还都没有开门,你先凑合着穿吧,等下午我再领你去专卖店买更好的啊——来,试试合身不?"

伊洛看看新衣服,又看看郑妈妈那一脸期盼的表情。

她是想要她哭吗?可是哭不出来怎么办?

她有些发愁……一个正常家庭的孩子,应该会怎么做呢?

她同学里最有钱的那个女孩子,曾经当着一众同学的面儿,把妈妈给她新买的手机从楼上扔了下去——因为不是她想要的颜色。可她的妈妈还是笑呵呵的,并且保证再买个新的,而且绝对不会买错!

她是不是也应该试试这种模式?

哦,不行。大妈不是妈妈,尽管只有一字之差,但终究不是。

"我……谢谢大妈……"她低下头,"麻烦您了。"

她心想,这样就可以了吧?

郑妈妈一脸慈爱地望着她——这眼神像是在鼓励她。好吧,她希望看到的,是可怜的伊洛……那就继续可怜下去好了。

"从来没有人对我这么好过,我,我从来没有穿过专卖店的衣服……"

她不需要装可怜,真相就够可怜了。

郑妈妈眼圈都红了,走过来,紧紧地揽着她的肩头。"乖妹妹,来吃饭啦,你真是太瘦了,瞧瞧你的小肩膀啊!好孩子,在大妈这儿住下吧,我会把你养得壮壮的!"

就像看到一只流浪狗吗?她经常说自己过得猪狗不如,而事实也一再告诉她,就是这样。

吃完早饭——那丰盛的程度,叫它早饭都有点对不住它——伊洛坐上郑妈妈的车去警局。

这个大妈家境很殷实,光车子就有两辆,他们家儿子开一辆,大妈和大伯开一辆。

"大妈,这车子好漂亮啊!"她在车厢里看来看去……她那个女同学家里的车,好像跟这个差不多。

"大妈,您会开车,好厉害!"她由衷地说。这个貌不惊人的中年妇女,开车的样子那么帅……她以后也会这样吧?等她有了车,她也要去考驾照!

"呵呵,我十年前就有驾照了,那个时候得开车送你郑朗哥哥去上学。"

伊洛感慨:"郑朗哥哥真幸福!"

大妈又笑了:"哎,哪个父母不对孩子尽心尽力啊。"

对,父母对孩子都尽心尽力,连她自己的妈妈也是这样尽心尽力——尽心尽力地想各种惩罚方式来折磨她。

她换了个话题。"我们去警局吗?昨天乔叔叔说,让我帮他们抓凶手——可是,凶手不是抓到了吗?不是那个保姆吗?"

大妈笑,"警察的事情谁知道呢!也许是她不承认,你乔叔叔要你帮他找证据吧……那个乔叔叔人很好的,你别怕啊。"

我才不怕哩!我连死人都不怕!但这一点儿,没必要让她知道。伊洛对着郑妈妈甜甜一笑:"嗯,有大妈陪着我,我不怕。"

郑妈妈空出一只手,轻轻地拍抚伊洛的肩膀。郑妈妈从乔安南那儿约略听到她的情况后, 对她的境遇充满了同情和痛惜。刚刚吃完早饭,伊洛听到郑妈妈跟郑爸爸在厨房小声说话, 郑妈妈叹着气:"这孩子多不容易啊,经历了这么多可怕的事儿,唉,她才那么小,才那么小……"

她刚刚过了十五岁生日,生日前学校体检,她身高一米四八,体重六十五斤——她知道自己,确实很小,很小。

郑妈妈为她做的每一件事,都好像是急着要补偿她的委屈:"等事情好了,我带你去吃好吃的,你喜欢牛排还是海鲜?"

"我都没吃过……"

"那样啊,我们中午吃牛排,晚上吃海鲜。"

伊洛绽开了一个笑容:"好。"

流浪狗也不错啊……最起码还有机会遇到个好主人,她心想。

或许这个主人也会很快抛弃她——不过没关系,伊洛的原则是,活在当下。

伊洛一眼就看到了伊南。她正站在走廊上,身旁一边狼外婆,一边狼外公,两个人正在跟她激动地说着什么。显然不是什么好话,这从伊南抿得紧紧的嘴唇上可以看出来。

伊洛想不幸灾乐祸也难。她还没忘了昨天伊南打她的那一个耳光,她脸疼了半夜,对,她是踢了伊南一脚,可因为那个揪她的蠢警察——哦,不,他现在是郑朗哥哥了——她只是脚尖轻轻地碰了她一下,她想起来就气得牙痒痒!

最近一年,她和伊南打架,都保持着不败的战绩——伊南的小身板还不如她呢!伊洛琢磨着,趁没人的时候,她要不要修理修理伊南呢?

"伊洛。"伊南像是后背长了眼睛,转身面对她,对着她招手。狼外公和狼外婆,齐刷刷地把眼光对准了她。

"她来了,你问问她,我对你们好不好?!我昨天专门去看过你们了,还给你们交了房租,跟你姐姐说说,到底是不是?"狼外婆激动地拉着伊南的胳膊,把她拖到伊洛的面前。

她好像已经忘了,伊洛昨天把他们晾在家里直接走了的事,不过这样最好。

"是……"伊洛拖长音,一脸无奈,"但是我们没想过要被收养啊。"

伊南瞪着伊洛——这个眼神伊洛再了解不过。只要伊南觉得伊洛占了人家的便宜,就是这种恨不得掐死她的眼神,这点她绝对遗传了妈妈。

伊洛耸耸肩,这俩人抢着给她们交房租,是自个儿乐意,又不关她的事!

"怎么是收养呢?"狼外婆激动万分,"我是照顾你们啊,你们还这么小……你们俩怎么照顾自己呢?"

"嗯……"伊洛低头想想,"可我不认识你啊……"

"什么不认识!我是你外婆,我收养你天经地义!"

狼外公跟昨天的低调不同,今天的他,情绪激动,嗓门敞亮:"除了自己人,谁会帮你们交房租啊,一千六百块钱呢!我可是二话不说,一下子就给你们掏出来了!"

"就是,就是,我们生活也不富裕,你外公抽烟,都挑最便宜的牌子买呢。"

卖了女儿之后,还不能迅速致富吗?哦,看来他们因为女儿这场婚姻的所得比期待的要少得多啊。

"今天就跟我回家吧,我把你们的房间都收拾出来了,看看再有什么需要的,外婆带你们去买!"狼外婆一手抚着伊南的肩膀,一手抚着伊洛的后颈,充满感情地看着她们。

她的手又湿又冰,伊洛咧咧嘴,梗了下脖子,躲开她的手。但她没能躲到哪里去,狼外公截住了她,他伸出大手,拉住她的胳膊:"听外婆的话,回家去!"

"干吗啊!"伊洛跳起来,这是收养还是绑架啊!

因为停车晚到几分钟的郑妈妈来了,一见这个阵仗,马上挤过来,把伊洛从狼外公的手里拽出来,并把狼外公大力地向后推。

"你们什么人?想怎么样?"郑妈妈像只护鸡崽的老母鸡那样,把伊洛挡在身后。

狼外婆和狼外公瞪着郑妈妈,"你是谁?"

"我是伊洛的大妈。"郑妈妈理直气壮地说,她挺起胸脯,眼睛瞪得比这俩人的还要大。伊洛紧紧地挽住郑妈妈的手臂。呵呵,她跟昨天不一样了,她不是随便让人踢、让人踹的小流浪狗了,她有了保护者。

有保护者的不光是她一个人,走廊另一头,一个穿牛仔夹克的纤瘦女子快步走了过来。她来到伊南的身边,看看众人,又看看伊南:"怎么了?"

她很年轻,眉目清冷,一头蓬而乱的短发,素面朝天,哦,伊南的"表姐"?瞿凌说她很漂亮,她倒没看出来,不过,很引人注目倒是真的。伊洛兴趣浓厚地看着她。是什么地方引人注目呢?哦,眼睛!她眼睛里的神气,又冷又硬,要对抗全世界似的!

这一点,跟伊南很像。

伊南对年轻短发女子耳语两句。短发女子转过头,看着狼外婆和狼外公,眼神变得冰冷。

谁都不想被那样的眼神盯着,她看上去,像是要一拳揍到狼外公和狼外婆的脸上去似的。

狼外婆赶紧亮明身份,自我介绍:"我们是这俩孩子的亲戚。"狼外公应和:"对,我们是她们的亲戚,我们昨天还给她们交房租来着。"

他就是忘不了给她们交房租的事儿!掏出那一千多块钱,对他来说,还不知道有多痛心!要不是现在气氛太不合适,伊洛都要笑出来了。

"多少钱?我还给你们。"郑妈妈掏出钱包。

狼外公勃然大怒:"你说还就还了?这是钱的事儿吗?!我们是一家人,你这个外人凑什么热闹?"

"大妈不是外人,大妈对我好!"伊洛紧紧地挽住郑妈妈。

不出意料地,她看到了伊南冰冷愤怒的眼神——拜托,你都有"表姐"了,我为什么不能有"大妈"?她白了伊南一眼。

郑妈妈窝心地拍拍她的手。

狼外婆冷冷地打量郑妈妈,眼神鄙视:"孩子,你还小!不知道这人心有多坏,她哪儿是对你好啊,她是对你的钱好!她肯定知道你的身份,知道你爸爸和后妈都去世了,会继承一大笔遗产,她在打你遗产的主意。"

伊洛这次实在忍不住:"我大妈才不会跟你们两位一样呢!"

5

大人们找了一间会议室,说是要协商讨论一下关于她们的收养问题。她们这对当事人却被排除之外。伊洛乐得轻松自由,她才不愿意进去看那对老头老太太的叫嚣表演呢。

"哎,你说,警察们怎么这么好说话啊,不仅不赶他们走,还给他们提供会议室?"伊洛问伊南。

伊南一直板着脸坐着,支着耳朵听那间会议室里传来的吵嚷声。听到伊洛的问话,伊南冷冷地看她一眼。

"那是因为小绿姐姐,她以前是这里的警察,她跟他们都很熟,警察是看在小绿姐姐的面子上,才给他们提供方便的。"

"啊,那个小绿姐姐原来是警察啊?"

"嗯。"

"那她干吗不干了?"

伊南不耐烦了:"不关你的事儿。"

伊洛耸耸肩:"你跟她住得好像还挺开心啊?我发现你跟她还挺像的。"都挺像茅坑里的石头,又臭又硬。

伊南瞪她一眼,不理她。

"不过,你跟着前任警察一起住……是不是特刺激?"伊洛嬉皮笑脸。

她等着伊南反唇相讥:"那你跟现任警察一起住,不是更刺激了?"那她就可以把她跟郑朗一家幸福生活的具体细节，一个一个地仔细描绘给她听。但这个伊南，好像识破了她的意图似的，压根儿不搭理她，只斜着眼睛，望向墙角。

干吗？有监视器啊？

伊洛好奇地从座位上站起来，跑到墙角看了看，什么都没看到，她又指着墙，"喂，你说，这后面会不会是窗户？电视里演的那种，他们其实在外面看我们呢。"

"看你干什么？"伊南冷淡地说。

伊洛耸耸肩膀。哦，的确没什么好看的。她们俩和这个案子，可没什么关系……嗯。

"我去认尸了。"伊南突然说。

"切！"伊洛不高兴，"为什么要认尸？"

"作为唯一的家属……在这案子结束以后，我们要安葬他。"

"我们可以把他跟妈妈的骨灰放在一起！"伊洛马上来了精神，"妈妈那么恨他，肯定不会给他好果子吃的。"

妈妈的骨灰就放在她们家——最便宜的骨灰盒，是几个邻居凑钱买的。一想到不可一世的伊成峰要在那样的骨灰盒里"住着"，她的心情格外好。

"他会给妈妈好果子吃吗？"伊南白了她一眼。

伊洛扯扯嘴角："那就各凭本事了！要知道……"伊洛指指地板，"下面可没法院……在折磨人这点上，他可不会是妈妈的对手。"

至于伊成峰骗人的本事——伊洛猜不出妈妈还有什么可被骗的了。

伊南正想说什么，禾小绿打开门，面色平静，"他们走了，出来吧。"

不知道什么时候，会议室那边已经安静下来了。

那对"狼"外公外婆死心了吗？

"小绿姐姐,他们到底想怎么样?"伊南的表情,焦虑中又带着三份凄惶。

她就是靠这个打动这个"小绿姐姐"的吗?哇哦!伊南的高考志愿应该报考"北京电影学院"才对,天生的演技派啊!伊洛在心里为伊南啧啧赞叹。

禾小绿双手揣在夹克口袋里,淡淡地说:"我们现在已经让他们了解到了,要不问你们的意见就收养你们,是一件异想天开的事情。他们明白这一点后,马上走人了。"

"他们还会回来吗?"

"应该会。不能'收养'你们的钱,他们会想别的办法的。"

想别的办法?什么办法呢?伊洛眼前又闪动着那幢大房子,那个大花园,那幢大房子里琳琅满目的各种东西……哦,还有那个据称是每年利润上千万的大公司!

"狼"外公外婆想都据为己有吗?她可不会答应!

"那我们怎么办啊?"伊洛冲口而出。

禾小绿耸耸肩:"别担心,总会有办法的。"

她们在走廊上,撞见了刚刚从审讯室出来的周帅。

周帅是个个子不高、瘦小苍白、小眼睛、宽下巴的男人,总是穿连帽夹克衫,水洗布牛仔裤,黑色双肩包,高帮慢跑鞋——像是电影《家有杰克》里面的杰克,三十岁的外表,十岁的内心。

他曾经跟在妈妈后面,拿着手里的文件,结结巴巴地说,"签了吧,你上次不是也同意了嘛……那个,还是签了吧……"

妈妈葬礼的那天,他也来了,躲在墙角,鬼鬼祟祟地张望着。伊南说他一定是来找她们姐妹的,既然妈妈死了,那么声明放弃遗产的文件,他只能找伊南和伊洛来签了——可是没有,葬礼以后,她们再也没有见过他了。

就是这个周帅。

哦？他没有戴手铐，所以他还不是嫌疑人吗？还是他洗脱了嫌疑？

周帅也看到了她们。他的脸色一变，本来前进的方向也硬生生停下，转个弯儿，向相反的方向而去。跟在他后面的警察，诧异地看着他。

但愿他想到一个好借口！

伊洛饶有兴趣地盯着他。伊南突然拉拉她的衣角，顺着伊南的目光，她看到了乔警官微笑的脸。

"你们认识他？"

伊洛看看伊南，伊南并没有回答，她双手揣在口袋里，眼睛闪烁不定。

她熟悉她这种眼神，每当她眼睛里有闪烁不定的光彩的时候，就是她在思量着什么主意的时候。

伊洛安静下来，有点怀疑地看着伊南。

她希望不会是个愚蠢的主意。

就像多年前的那次一样。

那年她小学六年级，伊南上初二。一天，妈妈告诉她们，她赚的钱越来越少，而她们两个吃的却越来越多，以后家里的饭，看来只够填饱一个女儿的肚子。她知道这是个谎言——每天妈妈都在想办法，让她们俩的成绩更好，更好，为了这个目的，她编出过自己得了癌症，伊南得了癌症，伊洛得了癌症以及她被其他小贩欺负，她被邻居讥讽……种种你能想到的最惨的理由，目的就是激发两个女孩的所有怒气和爆发力。

"你们一个星期小考一次是不是？这样吧，考得分数差的那个，要关禁闭。"妈妈一边冷冰冰地打量着两个女儿，一边宣布。

伊洛听完，紧张得握起了拳头，如临大敌一般瞪视着伊南。理由可能是假的，但结果不会是假的，妈妈真的做得出来这种事。

伊南却是一脸平静，唯一不平静的，是她闪烁的眼神。

晚饭后，妈妈有事出去。伊洛马上拿出课本，低头猛 K 功课。她知道关禁闭是什么滋味，那种没办法言说的可怕——她一定不能输给伊南！

伊南走到她的书桌前："这样子，我们都得拼 100 分。"她淡淡地说。

"哼，我能考 100 分！我不会被关禁闭的！"

"我已经初二了，有加分题，你考不过我的！"伊南嗤之以鼻："听着，我有个主意，不用拼 100 分，我们俩都不用关禁闭。"

"什么？"

"我们都考 85 分好了，考试的时候就计算好了，一分不多，一分不少。"

"那……"

"那我们谁都不比谁考得少，我们就都有饭吃。"伊南露出了一个胸有成竹的微笑。

事实证明，这是个愚蠢的主意——在她兴高采烈把 85 分的考卷递给妈妈的那天晚上，她们俩就一起被关了禁闭。

她们的妈妈随便看了一眼试卷，便像戳破纸灯笼那样，戳破了她们的诡计。不该犯错的地方出了错误。她一下子就明白了是怎么回事。

而最愚蠢的是，直到伊洛上了初中，才发现对初中生来说，考一百分有多难！伊南根本就是觉得输定了，才拖伊洛下水的！

那是真正的禁闭，她们俩被禁闭在一间腰都直不起来的小杂物间里，没有灯，也没有窗，空气中弥漫着浓重的霉味和灰尘味道，她们坐在塞得满满的各种破烂中，一坐就是一整夜。

第二天早上，她们腿酸麻得都不能走路！妈妈"帮"了她们一下，重重踢了她们的腿几脚。她们跌坐在地下，再爬起来之后，走得要多快有多快！

这还不算完,妈妈宣布,她们这一个月都不许吃晚饭。"这样才能让你们长点记性!看看下次还敢不!我辛辛苦苦把你们拉扯大,不是为了养一对黑心玩意儿,专学歪门邪道,现在敢骗自己的妈妈,下次还不杀人放火啊!"

　　这一个月,妈妈只做她一个人的晚饭,而且一定要当着她们姐妹俩的面,一口一口地慢慢吃。

　　"饿吧?饿点对你们有好处!你们才会记得牢!"

　　妈妈说得对,她是记得很牢,那饿肚子的滋味,她到现在都记得!晚上饿得睡不着的时候,她就恨伊南,都是因为她出的馊主意啊!

　　伊洛从回忆中醒过神,看看表情平静的伊南。她现在又在想什么?希望别是又害她倒霉的蠢主意才好!

　　片刻,只见伊南抬起头,坦然地看着乔安南:"他和马清清一起来过我们家。"

第三章 对不起,我说谎了

1

伊南一出校门就看到了禾小绿。

禾小绿跨在她的摩托车上,一只脚踩着踏板,一只脚支在地上,风吹着她的短发,她正出神地看着前方的一棵树,表情悠远。

中学生们三三两两地经过她的身边,都好奇得对她和她的摩托车侧目而视。禾小绿浑然不觉。

她跟她一样,都是活在自己世界中的人。

伊南并没有想到今天禾小绿会来接她。她这几天一直自己来回,虽然乔安南说过,禾小绿可以一直接送她,但她不愿意在这人情债上更加重一份。她告诉禾小绿,跟骑乘闪电式的摩托车比,她更喜欢坐公交车。禾小绿没勉强她,点点头,塞给她一张公交卡。

身后传来了许文文的声音:"伊南,伊南!"

伊南装作没听到，加快了脚步。这两天，许文文像个嗡嗡乱飞的苍蝇，一有机会就凑到她脸前，询问听来的各种小道消息：你原来有个爸爸啊？听说你爸爸很有钱，那你和你妹妹会继承遗产吗？听说你现在搬家了，跟一个年轻女人住在一起？她是谁？

伊南很想在她喋喋不休的时候，吼一声：关你屁事！

但大吼大叫不是她的风格。她能做的，只有绷紧了脸，迅速离开。

好在，这种日子，眼看就到头了。只要再忍几个月，她只要再忍几个月就好了。

伊南跑向禾小绿。"小绿姐姐，你没上班？"

"嗯，请假了。有事。"

禾小绿的话一向言简意赅。她把头盔递给伊南，伊南听话地戴上。

"关于你们收养和遗产的事儿，早上大家又商量了一下。乔出面，找到了伊成峰公司的律师，他也正想找你们呢，乔帮你们跟他约了时间，就在二十分钟后，我送你过去。"

去见伊成峰公司的律师？他是个什么样的人？他要找她们，肯定是关于遗产的事儿，那么，他会站在她们这边吗？

"在哪儿呢？"

"乔说是警局附近的上岛咖啡店。"禾小绿发动了摩托车。

伊南不知道乔安南跟禾小绿的友情是怎么建立起来的，但她知道他们之间的这份情谊特别牢固，特别深刻。两个人虽然表面上淡淡的，实际却是几乎无话不谈，尤其喜欢交流对案件侦查的看法。伊南对伊成峰的案子诸多细节的了解，就是托他们的福。

跟自己名正言顺的搭档郑朗比，乔有什么跑腿儿的事，更喜欢指使禾小绿，对此，伊南深为理解，禾小绿动作麻利，做什么事儿都像一阵风，郑朗三个小时能做完的事情，禾小绿三分钟就能做好了。

乔安南是个慢性子,郑朗比他还要慢!她要是乔安南,需要的,也会是禾小绿这样疾风一样的搭档。

她只是不明白,既然愿意给乔安南跑腿,那为什么要辞职去做个汽车修理工?当警察有什么不好呢?

不过她也不愿意再钻研这件事——很快就要高考了,她现在只希望,自己的成绩不会因为这么多天的琐事而受到影响。

她分不清禾小绿照顾她,是因为乔安南嘱咐的寻找线索还是发自内心的同情或者其他什么感情——住酒店也要给钱,所以不论什么原因,她都会把这份人情记在心里。

她不可能永远是柔弱无助的少女,她总有一天会变得强大有力。到那一天,她会报答她的!

郑朗的妈妈之前建议两个女孩儿都住到她那儿去:"反正我那客房也是空着,两姐妹住在一起不好吗?"

她喜欢伊洛喜欢得不行——在她面前,伊洛完全不是那个"问题少女"了,她又开朗又可爱,恢复妈妈去世前的"好学生"状态,向老师和学校诚恳道歉之后,乖乖上学放学,一丝不苟地做功课,让郑妈妈又感动又骄傲。

她最好永远不知道伊洛的真面目!

据说,郑妈妈甚至让郑朗去打听,她具备不具备正式收养伊洛的条件,如果不具备,也没有关系。

"我可以一直照顾到她上大学,有没有收养关系要什么紧,人主要处的是个感情!哎呀,多乖的好孩子啊!"她一边摩挲着伊洛的头发,一边瞪她的亲儿子:"哼,比我那个不听话的儿子可好多了!"

被这么慈爱的手抚摸着,伊洛像只乖巧的小猫咪,舒服得都快打起呼噜来了。

但她不行。伊南无法想象,如果一双像这样的手抚摸她,她会怎么表现？

想一想，她都会疯掉。

伊南拒绝了郑妈妈的邀请，理由是她想跟禾小绿住在一起。"我喜欢小绿姐姐。"她这样说。

这不是言不由衷——比起伊洛，她的确更喜欢禾小绿。比起伊洛，她可以喜欢任何人。

她不记得从什么时候开始恨伊洛的。

三岁之前的记忆模模糊糊，她只记得这样一组画面，妈妈抱着小婴儿的伊洛，坐在床头摇晃。她看着那个小婴儿很生气，觉得她抢走了妈妈的怀抱，但妈妈眼睛落到她身上，对她笑起来，并空出一只手，把她拉到身边，一只手臂环抱着她，一只手臂环抱着那个小婴儿，教她跟她一起说："妹妹，妹妹，小妹妹！"

她看到了那个红红的、皱皱的小婴儿，她正闭着眼睛，长大了嘴巴打哈欠。伊南笑起来了——好有趣！

她不确定这些画面是她自己幻想的，还是真实发生过的，妈妈曾经如此温柔过吗？

她，肯定也温柔过吧？在没有被那个男人抛弃前，在生活没有把她摧残成一个怪物之前，她也曾温柔过吧。

生活把妈妈变成了一个噩梦，在这个噩梦中，她和伊洛彼此仇恨又彼此折磨。她恨伊洛，是因为伊洛更恨她，而这一切都是为什么呢？

原因很多，又似乎都很缥缈。她有的时候很清楚，而有的时候，又一点儿也想不明白。

"坐好了！"禾小绿开始加速了。伊南从纷乱的思绪中醒过神，抓紧了禾小绿的衣服。

摩托车箭一般在都市丛林中飞驰着,伊南眯着眼睛,享受着速度的乐趣。

这多像飞啊,逃离一切地飞。

这让她想起,自己的人生,这十七年,一直都在逃离……幼儿园的时候拼了命地逃离,上了重点小学的时候又拼了命地逃离,接着是逃离重点初中、重点高中……几乎每一天都在逃离当下的生活。

生活对她来说,从来不是享受眼前。她咬着牙,迎着风,想象自己逆风飞翔的样子……

2

伊南跟着禾小绿在咖啡店门口遇到了带着伊洛的郑妈妈。她跟伊洛拉着手,亲热得像一对母女。不,是比母女还亲!伊洛可从来没跟她们自己的妈妈拉过手。

伊洛从头到脚都焕然一新,甚至包括发型。她的马尾辫不见了,剪了一个齐刘海儿的波波头。这身衣服跟她昨天的那身新衣服又不一样,一看就是大购物中心橱窗里陈列的那种特别贵的“当季新品”。

新衣新貌的伊洛看上去俏丽、时尚、耀眼。现在的伊洛就是她理想中期望自己所呈现的样子吧?

伊洛对伊南得意地眨眨眼睛,伊南面无表情地看着她。伊南不知道自己十五岁的时候,是不是也一样蠢?!她以为只要讨得那个“郑妈妈”欢心,世界就是她的了?

跟“心”有关的,“欢心”也好,“糟心”也罢,都会瞬间千变!人家只不过当她是只看上去还好玩的爱耍把戏的小狗,今天给她一根骨头啃啃,明天说不定就会眼睛眨都不眨地一脚踢开她!

她盯着伊洛得意扬扬的小脑袋,心头翻腾着怒气!

眼皮浅的小贱骨头!妈妈活着的时候,总是这样骂伊洛。至少在这一点上,妈妈是对的。

郑妈妈看到禾小绿,马上迎上来,一脸不放心地说:"这个律师是小乔找的?"

"不是乔安南找的律师,这个律师本来就是成峰建材的……他负责公司事务。"

郑妈妈一听倒担心起来,"哎哟,是她们爸爸那边的律师啊,也不知道靠不靠得住……你想,他爸爸那样对她们姐妹俩……不行!"郑妈妈一边拿出电话,一边说,"那刘素芳和马荣生可不是什么善茬儿!要对付他们,一定得找个信得过的……上次郑朗相亲的姑娘好像就在律师行上班,叫什么来着……"

找个外人来不是更麻烦吗?

伊南斜眼看了一下伊洛,伊洛翻了个白眼,表示知道了。

她拖着郑妈妈的手,"大妈,这个律师负责公司的事情啊?那我们再找个律师来,他会不会不高兴?"如果这个律师不高兴,以他的角色和位置,后果会很严重。

这种事情,十七岁的她和十五岁的伊洛都能想到,而这个四五十岁的女人,竟然会没有概念?优裕生活酿造出来的天真和愚蠢啊!

郑妈妈停下手,想了想,"也是啊,那好吧,我先不打了。我们先看看这个律师怎么样……妹妹你放心啊,大妈不会让他欺负你们的!"

律师来了,他四十多岁的年纪,戴一副黑色牛角眼镜,穿一身看起来贵得要命的西装,拎着一个公文包,风度翩翩,举止儒雅。

律师自称姓冯,他提出要跟伊南和伊洛单独聊。禾小绿耸耸肩,跟伊南打个招呼,回去上班了;郑妈妈则千叮咛万嘱咐了一番以后,任劳任怨地回车上等伊洛。

伊南和伊洛跟冯律师找座位坐下。冯律师看看伊南，又看看伊洛，笑了笑："看来你们都更像你们妈妈。"

伊南把这当作是一种夸赞。伊成峰那个模样，如果她们长得像他，那会是一场灾难。

冯律师拿出两张名片，给了伊南一张，伊洛一张。"我姓冯，叫冯昆，是你们爸爸的朋友，我认识他十多年了。"

十多年了？那他知道不知道她们的存在呢？

冯律师像是没看出伊南的疑惑，他叹了口气，"我应该早点联系你们的，伊总走得太突然了——公司的事务缠身，又要忙着应付警察的调查……"他挤出个笑容，"来，我们认识一下吧。"他看看伊南又看看伊洛，对伊南笑："没猜错的话，你是姐姐？"

他当然不会猜错，没人会猜错她们谁是姐姐，谁是妹妹，即使她们的个子一样高，但伊洛的狡黠毛躁跟伊南的老成稳重一望可知。

"我叫伊南，我是姐姐。"

伊洛扬起一个灿烂的笑容："我是伊洛。"

"哦，伊南和伊洛，你们都是市南一中的学生？"

这曾经是妈妈最骄傲的事……她的骄傲就像是个饕餮怪兽，永远没有满足的时候，而她和伊洛所做的一切，都是为了不让妈妈的骄傲饿肚子。

而伊南很早就知道了，矮小的人，不希望你说他灵巧；肥胖的人，也不愿意听到心宽这样的评价——这些不是赞扬，是赤裸裸的讽刺！

这些根本不是自己选择的"强项"，有什么值得夸奖的？那些说客套话的人，真的知道，在"好厉害"的背后，是无数的眼泪和疼痛吗？

冯律师带着满意的神情看着她们："我本来为成峰公司的事儿正发愁呢，昨天乔警官联系我，我才知道伊先生还有你们，真是松了一口气。"

他回答了伊南刚才的疑问。是啊,伊成峰一直当她们不存在,怎么会跟别人,尤其是他如此衣冠楚楚、高含金量的朋友,提到她们?

冯律师的笑容意味深长:"我来之前,刚在我的律师楼接待了两个客户,你们猜,是谁?"

伊洛反应很快地:"马清清的父母?"

冯律师赞赏地看着她,点头:"他们来过好几次了,成峰刚出事的第二天他们就来问遗产的问题,当时他们的意思是想卖掉公司……"冯律师摇摇头,"这个公司是成峰的心血,我看着公司一点点起来的……公司上下一千多员工,如果卖掉公司,可能这些人都要另谋生计了,最近经济环境不好,大家压力都很大。"冯律师悲天悯人地说。

伊南点点头。冯律师是在告诉她们他的底线吗?他不希望卖掉公司——可是如果她和伊洛坚持要卖掉公司,而刘素芳马荣生决定不卖掉公司,那么冯律师会站在哪一边呢?她可不认为冯律师会因为她们俩的身份而认同她们。

"这些事,我们都不懂……"她微微垂下眼帘。

"没关系。我会教你的。"冯律师招手叫来了服务生:"我们边吃边聊。"

服务员递上菜单,冯律师给自己点了份英式红茶。

伊南随手点了一杯看起来像是橙汁的东西——番石榴汁是什么?焦糖玛奇朵……怎么会有这么可爱的名字,还有……

伊南敏锐地抬起头,她怕自己再看下去,服务生就能看出来她是第一次来这种店。

伊洛扫了两眼,挑了这一面上最贵的饮品,又提要求:"我可不可以再点份杞果布丁?"

伊南瞪她。伊洛只笑嘻嘻地看着冯律师。

"当然好了,来,伊南也来一份布丁。"

"我不用了，我不喜欢吃甜的。"伊南斜了伊洛一眼。伊洛正在好整以暇地翻到"甜点"的菜单，逐一细看。她这个样子像什么呢？像变色龙一样的蛇吗？伊南心想，永远滑不唧溜，可以不费吹灰之力就融入任何环境，谁都不知道她真实的面目——除了妈妈和她。

冯律师清清喉咙，开始了正题："好啦，说说遗产的事儿吧。马清清的父母向我询问了要打遗产官司需要走什么程序，看来，他们是决定打官司了。"

伊洛吐吐舌头，"先礼后兵，还挺有战术。"

冯律师笑了："他们主张他们的意见，并不妨碍你们俩已经是遗产继承人的事实。"

是吗？伊南心想，伊成峰可从来没这么想过吧？

"所以呢，就算是他们的诉求得到法院的支持，也只不过分到遗产的一部分而已。我相信，他们打赢官司的可能性不会超过5%。"

"他们知道这点吗？"伊南有些拿不准。这所谓的5%，是冯律师以为的，还是事实呢？

冯律师神秘地笑笑，"我来的路上，有朋友给我打电话，说刘素芳他们正在四处找律师，开出的价位倒是令人欣喜，可惜，一听具体情况，根本没人接这个 CASE！"

伊洛扑哧一笑，"那我们祝他们好运吧。"

看着欢乐的伊洛，伊南不知道自己的心情是喜是悲，事实上，她对继承巨额遗产这件事，还充满了不真实感。

那么说，那幢大房子，那间大公司，都属于她们了？

她们就要跟贫苦生活彻底决断了？从此过上崭新的人生？

这确实是好事，天大的好事！可是，她为什么心头却一直沉甸甸的，不能像伊洛那样欢呼雀跃呢？

她忽然想到了伊成峰。如果他泉下有知，知道自己那些恨不得穿到肋条骨上的钱财,最后落到了两个被他遗忘和嫌憎的女儿手里,他脸上的表情,一定很有趣!

一想到这个,她心里就隐隐有一种疼痛的快乐。

"还有你们的收养问题,伊南,你怎么想的?"冯律师唤回了她的注意力。

伊南咬了下嘴唇:"我不想去孤儿院,也不想妹妹去。"

冯律师又一笑:"你们当然不会去的。我在社会福利部门有几个朋友,我去打个招呼,明天走程序,办理指定监护人的手续。"

"你来做我们的监护人?"伊洛怀疑地问。

伊南也满是疑惑,她们可是一份巨额遗产的继承人,这个冯律师要做她们的监护人,不是打着跟马清清父母一样的主意吧?

冯律师是什么样的人,早对人情世故练达通透,他对她们淡然一笑:"遗产官司打完,我会第一时间公证你们的财产,不管监护人是谁,对你们的监护都是义务的,跟你们的财产没有关系。"

他端起茶水喝一口:"我做你们的监护人,也是暂时的,正如伊南说的,她还有三个月就十八岁了,到时,伊南可以做伊洛的监护人……"

"我不……"伊洛立即抗议。

冯律师没让她说下去:"监护人具有的法律意义,在实际中可以灵活处理,只要你的监护人同意,你可以继续由郑妈妈照顾,跟她一起生活——伊南,你几个月后就去读大学了,那时你也不能照顾伊洛了吧?"

伊南咬咬嘴唇。就算是她能够照顾她,她真的愿意吗?

她不愿意!如果她可以选择,她愿报考最遥远的大学,能离伊洛多远,就离她多远!

她可以选择吗?

也许可以。她冷冷地斜了伊洛一眼,对冯律师点了头:"我会尊重伊洛的选择。"

冯律师露出放心的表情:"让郑妈妈照顾伊洛,并没有改变她的身份,她还是姓伊,你们俩的血缘关系不变,她还是你妹妹。"

伊南忍住不耐烦:"嗯,我明白了。"他以为她之所以不想妹妹去孤儿院,是因为舍不得骨肉分离?!

冯律师从公文包里拿出两张纸。"这一份是律师代理协议,你们委托我作为你们的律师,代表你们的利益,为你们打遗产诉讼官司;这一份是公司管理委任书,委任现在的副总陈栋为总经理,负责继续运营公司,处理一切公司事务。公司这几天人心惶惶,陈栋已经来找过我了,为了保障你们公司的利益起见,你们最好赶紧做决定,稳定人心,稳定陈栋。"

伊洛看看两张纸,又看看伊南。她翘起嘴角。"你们公司"的说法,肯定让她满心欢喜。

伊南问:"陈栋是谁?"

"陈栋,EMBA毕业,在你们爸爸公司担任运营副总两年了,人品不错,工作能力也出色,伊先生很信任他。现在公司离不开他,他完全有能力继续维持公司的稳定和发展,你们把公司交给他管理,然后只作为股东行使监管责任就可以。"

伊南问:"什么监管责任?"

"每年两次,找审计公司审核一下公司账务就行了,然后,你们作为股东,年底享受股东分红,这笔分红在你们成年前,可以委托信托基金管理。"

冯律师的电话响了,他拿出手机看看,然后对两个女孩点点头:"抱歉,我先接个电话。"他起身离去。

他所谓的"教",其实是早有安排……在他的计划里,根本不存在伊洛和伊南要卖掉公司的可能。

当然,没有这个可能。至少在得到遗产继承权之前,没有这个可能。

看着他的背影，伊洛问伊南："我们可以相信他吗？"

伊南阴郁地："我们有别的选择吗？"

伊洛很懂似的："当然有，如果他没安好心，大妈可以帮我们另外委托律师。"

她还真把郑妈妈不会让别人欺负她的诺言当真了！

伊南冷冷地说："他一直是伊成峰信任的律师，是他公司的法律顾问，他的利益跟公司利益是一致的，跟别的律师比，我不觉得他更有理由伤害我们。"

伊南喝一口她的果汁："天下乌鸦一般黑，即使找别的律师，他们的目的还不是为了律师代理费？与其这样，还不如继续信任他。"

"是，是，是。你说得对！"伊洛懒得理她，玩世不恭地低下头，叼着一杯蓝色饮料上面的吸管。

"你真的……"伊南犹豫了一下，还是说出来，"想做郑家的孩子？"

伊洛抬起头，像是嘴巴里有什么东西，啧啧了几下，才耸耸肩膀，"看我的命了——说不定可以呢！"

真的可以吗？如果郑妈妈知道她收养的是一只定时炸弹，还会对她那么好吗？伊洛的眼睛里有一种满足。她像是从来不担心过去，也不担心将来的人……这样的人会比伊南幸福吗？至少这十五年，她们俩的生活异常同步——没有一丝幸福可言。

伊南还想再说，冯律师回来了。伊南拿起桌上的笔，平静地说："那么，冯律师，我们应该把名字签在哪里？"

3

伊南走到汽车修理间门外的时候，听到了乔安南的声音，"……你干得真漂亮！"他真诚地夸赞着。不知道是夸禾小绿修车的技术高，还是别的什么。

禾小绿对乔安南的回应，只是闷哼了一声。修理间"叮当咔嚓"的声音络绎不绝，显然禾小绿手里正忙着干活。

"这世上，有溺爱孩子如命的父母，也有把孩子看成眼中钉的，哎，天底下最怪的，就是人心了！"

伊南停下脚步，侧耳倾听。他们在说什么？什么父母，什么孩子？是说她跟伊洛的事儿吗？

一声很响的"咣当"声，好像禾小绿把什么扳手之类的东西丢到地上了。

"金华抓到了？"她问乔安南。哦，他们果然在说伊成峰的案子！伊南屏住呼吸。

"是啊，今天中午押送回来的。下午刚刚审讯完，哎，上午审余莉，下午审金华，真是累人！"

"金华交代了吗？"

"交代了。"乔安南懒洋洋打个哈欠。

"人是他杀的？"禾小绿不带什么情绪地问。

伊南的心怦怦直跳。是金华？

乔安南叹口气："交代的不是杀人，是盗窃。"

"盗窃？盗窃什么了？"

哦，原来是这个。他们偷东西的事情，警察还是给问出来了。

"嗯，余莉偷女主人的东西，衣服啊，香水首饰啊，鞋子拎包什么的，交给金华销赃。"

"那杀人……"

"他说他什么都不知道。"

"那他为什么跑？"

"他听到余莉说主人夫妇死了，叫他来偷东西，给吓坏了，他不否认以他的了解，余莉会有图财害命的嫌疑。"

"所以他就丢下余莉,自己一个人跑了?"

"他说他不想出卖她,又不想搅进这桩麻烦事里。"

禾小绿冷哼一声:"男人!"

"明智的男人!"乔安南笑了一声:"女朋友没了可以再找,命对谁来说,也只有一条!"

"那个周帅呢?他的嫌疑洗脱了?"禾小绿又说。

"哎,别提了!他没有不在场证明,而且周日那天还去过别墅,好像还和马清清吵了一架——余莉都听到马清清威胁他,不把东西交出来就没完啊什么的话……可是这个周帅,就是不肯说到底是什么东西。他说的好多话和余莉的口供都不一致……像是上次我说的,余莉早知道他和马清清联系是用一个专用电话,可是周帅说,余莉什么都不知道;今天余莉又说,伊成峰给别墅装摄像头是为了监控周帅,周帅却说,那是因为马清清骂过余莉以后,余莉在门廊前的台阶上做了手脚让马清清摔了一跤,所以伊成峰才装了摄像头……啧啧,这案子可真有意思。"

"他们俩会是同谋吗?"

"周帅和余莉?"乔安南停顿了一下,"我不认为是同谋。凶器到现在也没找到。哎,你知道吗?伊成峰家里那个保险柜……"

"唔,被撬了的那个?"

"是,那可真是保险柜,太保险了!实在打不开,最后联系到厂家,厂家还是外地的,昨天才到,打开保险箱……你猜里面是什么?"

禾小绿没说话。

乔安南停顿了片刻,才自言自语一般地说,"里面有几个房产证,公司的营业执照——最重要的,里面有两份调查报告,一份是委托私家侦探调查周帅和马清清的关系,一份是马清清肚子里的孩子的亲子鉴定申请书!"

伊南冷笑了一声。伊成峰还是沉不住气——她还以为伊成峰真的像他自己表现的那样，压根儿不在乎呢。

"孩子不是伊成峰的？"禾小绿的声音终于有了些起伏。

"这只是亲子鉴定的申请书——孩子还不到三个月，正规机构不会给他鉴定的，他可能怕私人的机构不安全，所以就暂时放在保险箱里，等孩子大一些再做吧？"

"那……现在能做吗？"

"我觉得意义不大。就算证明了周帅就是孩子的亲生父亲，他杀伊成峰的动机倒是足够，杀马清清和孩子的动机反而小了。"

"那也不一定，得不到也不让别人得到……"又是一阵叮叮当当的声音，"这种事不是挺多的吗？他跟马清清到底是什么样的关系？他自己怎么说的？"

"他说他是马清清的多年的'好朋友'。高中时候两个人是同桌，嗯，他只承认马清清是他的初恋对象，别的什么都没说。"乔安南啧啧嘴："典型的宅男和女神之间的故事——一个无怨无悔，为了博对方一笑，什么都肯做；一个自私透顶，为了自己，什么都让对方为她做！"

禾小绿沉默了一会儿："那个保姆说，出事前，周帅跟马清清吵架了？"

"是啊。"

"那，你怀疑他了……"

"那我也得先搞清楚周帅是怎么进别墅，又怎么出去的啊……"乔安南叹口气，"监视器可没拍到他。"接下来，乔安南忽然告辞了："哎，不说了，我得走了，我还得去郑朗家呢，改天见吧！"

伊南来不及作好准备，乔安南就从里面闪出来了。他平时斯斯文文，不紧不慢的样子，想不到也有这么敏捷灵动的时候。

乔安南看到伊南，露出吃了一惊的样子。"哟，伊南来了？"

"乔叔叔好。"伊南竭力让自己表情恢复淡定。

他这么突然地跳出来,是因为听到她的动静,还是算到她快要回来了?

乔安南却一如既往那样亲切地笑着:"怎么样,今天见了冯律师了吧?"

"嗯,见了,我们签了律师的委托代理协议。"

"那可真不错,我问过了,冯律师在这个圈子里赫赫有名,他会替你们把事情办好的。"乔安南笑眯眯地点头:"不多说了,我找伊洛去了。"

"找伊洛?"伊南脱口而出。

乔安南亲切的表情不变:"对啊,昨天一堆事,我也没顾上问伊洛,好多情况得找她了解。"

乔安南走了两步,又停下来,"对了,伊南,别墅装了摄像头的事,你早就知道吧?"

"余莉说过。"她点点头。

"她为什么跟你们说这个?"

伊南倒吸了一口气,过了半天才一字一句地说,"她说,太太的东西都很贵重,你们不要乱动……也别想偷东西,家里有摄像头的。"

在那个别墅里经历的一切,她都记得很清楚。

伊洛走在前面,回头望她一眼,"你这张好像谁欠了你八百万的脸,是去见爸爸还是去见债主啊?"

"爸爸?"她冷笑起来,"你叫得可真顺口。"

"那你一会儿见面管他叫叔叔好了!"伊洛摇头晃脑,"事实还不够清楚吗?妈妈跟我们说他死了,跟他说不许见我们!"

真的是这样吗?就算再怎么样的夫妻矛盾,如果有心找两个孩子,又有多难呢?伊这个姓不常见啊……可是看到伊洛活跃的表情,她的心也忍不住有些动了。谁知道呢?她也没想过,自己会有个这么有钱的爸爸啊。

"是在这儿吗?"

她们走在别墅区里,小区的保安居然没有拦住她们,亏她之前紧张了半天……这样一个豪华的小区里,会经常看到穿校服的孩子吗?

"不会错的!我跟踪过周帅,他送马清清回来,就是在这里。"伊洛笃定地指着前面一套别墅说。

伊南抬头,有一瞬间的眩晕。她想了好久,才想起来……车站广告牌上的别墅,就是这样的!

女主人牵着孩子的手,身边还有一只白色的大狗,男主人站在一辆车前面,微笑着伸出双手,迎接自己的妻儿……所有人,包括那只狗,都是一副世界上最幸福的人才该有的表情。

背景,就是这样的一套别墅。

没有做不完的功课,没有动辄打骂,没有尖酸地讽刺,没有被小朋友骂野种的愤怒……什么都没有。

她本该是这样的家庭出来的孩子啊。

她失神的时候,伊洛已经按响了门铃。伊南赶快打起精神,跟在伊洛身后——微笑是吗?可是见了面要说什么呢?

爸爸,我是您女儿?

太奇怪了。

伊成峰先生吗?你认识韩敏吗?

不,太生疏了……

她脑子里乱成一团,房间里传来走路的声音,她忽然有一种不好的预感……不该来的!"我们走吧!"她对伊洛说。话音刚落,门开了。

她后来才知道这个穿着时尚、打扮新潮的年轻女人是保姆,而当时的她,以为走错门了……她怎么能想到,从这个房间里走出来的人,就算是保姆,都要"高人一等"呢?

"你们找谁?"她皱着眉头,看起来很不高兴的样子。

"这里是伊成峰的家吗?"伊洛用不确定的口气问。

"你们找先生？什么事？"

屋里传来一个女人的声音，"什么事啊？小莉！"

是马清清！

"有两个小女孩，要找先生。"

余莉马上变了个口吻，毕恭毕敬地冲着房间里说话。

半晌，马清清才出现在门口，一如既往的漂亮，伸出两只涂了指甲油的手，吹着手指头，漫不经心地问，"谁啊？"看到她们俩，马上表情一变。

"哼，千里寻亲来了啊？"她冷笑了一声，压低了声音，"如果敢告诉你们爸爸，我找你妈妈签文件，我饶不了你们！"

她根本不给她们反应的时间，扬起声音，"成峰，你女儿来找你了。"她皮笑肉不笑地冲她们耸耸肩，走了回去。很快，屋里传来马清清嬉笑的声音，"哎哟，赶走？不好吧，怎么也是亲生女儿啊……啊，是是，怪我，我不该去……我这不是好奇吗……我错了，好不好啊？"

伊南不知道马清清是不是故意说这些话给她们听，她自始至终都没听到伊成峰的声音——也许他根本不在家？

一分钟，两分钟，三分钟……她和伊洛，在大开着的门口，足足等了十五分钟。

她事后无数次后悔当初为什么没有走掉？她当时是傻了，还是疯了？她竟然完全想不起来了。

最后，还是见到了伊成峰。

他和她们无数次幻想过的样子完全不像——和老照片里那个看起来老实巴交的男人也不像。他脸上的法令纹深得吓人，眉头紧蹙，像是看见了什么不干净的东西。

"你们来干什么？"这是这辈子，她有印象的，她爸爸对她们姐妹说过的第一句话。

在伊洛试探着开口询问抚养费的问题时，他手揣在裤兜里，一点儿也不掩饰自己的不耐烦："你们来的时候没有问过你们的妈妈吧？如果问过她，她一定会跟你们说明白的。"他举起一根手指，作出强调的手势："你们跟我没任何关系，当年，你们妈妈进监狱的时候，我们都说好了。"

之后，他便转身走进房间，并随手在她们的面前合上了门。

来的时候，一直飘浮在空气中的、热腾腾的期望，瞬间在这扇门前坠落，稀里哗啦，碎成了一地玻璃碴。

从回忆中回过神来，看到的，是乔安南一脸同情的样子。

"这个余莉可真是的！"他叹口气，"别难过。"

难过？伊南想笑。没什么难过的——余莉的话算什么呢？装摄像头其实是为了防她们姐妹，这才是更值得难过的吧？

第二天，他就找人装了摄像头，因为不想她们俩骚扰到他和他的妻子。之所以这样做，他是怕她们的行为是经过了妈妈的怂恿。而妈妈，几乎是这个世上，伊成峰唯一害怕的人。

在马清清来过之后，妈妈在一天吃晚饭的时候，用很平淡的口气，对她们说起了她跟爸爸的离婚缘由还有当年她坐牢的事儿。

"他把家里的钱都拿走了，说是去做生意，赔了，连给伊洛买奶粉的钱都没剩下。我问他，他还推打我，这种混账玩意儿！后来，他就天天往外面跑，说是去想办法，我后来知道，他是找了个有钱的相好，他说的想办法，就是从那个女人那儿讨钱。"妈妈的脸上浮起一个鄙视的笑容："男人就是这样卑鄙龌龊的。那天他回来，蒙头就睡，我烧了一锅油，烧热了，我把锅端到床下，然后就叫醒他，说他电话响了。他迷迷糊糊起来，一脚就踩在油锅里。油锅翻了，另外一只脚上也全是油，他那个惨叫哇……"妈妈笑起来。

"后来他住了两个月的院，听说他住院的时候，整天疼得乱叫。"妈妈好整以暇地喝口汤："他报案，说我是故意伤害，我说油锅是他自己踩进去的,我又没推他。嗯,法院还是判了我两年,两年就两年,又有什么大不了的,听说他光植皮就植了三次,每次都受足了罪!"

妈妈笑眯眯地夹起了一片土豆片,一边咀嚼,一边点着头:"活该!"

伊南和伊洛听到这里,不约而同对视了一眼,又赶快把眼睛垂下,埋头吃饭。她不知道怎么面对这个场面,伊洛应该也是如此。夸奖妈妈做得对,还是该露出恐惧的表情呢?

她脑子一阵混乱,努力在一片空白中寻找着蛛丝马迹——伊成峰出轨在先,妈妈恶意报复在后,接着妈妈坐牢,外婆在妈妈出狱前死了还是出狱后呢?她想不起来了,反正差不多就是这个时间……

而在妈妈缺席的那段时间,外婆一直告诉她们,说妈妈在外面做生意。而妈妈再次出现在她们生活中之后,便带着她们几次三番地搬家。原来,她当年那么努力地远离曾经熟悉的以往,是为了掩盖自己那段"污点"历史。

妈妈出狱之前她们就离婚了吧,当时离婚协议是怎么写的呢?是伊成峰完全放弃抚养权吗?妈妈有故意伤害罪在先,又去坐牢,那法官为什么会把孩子判给这样的妈妈呢?她们不是更应该跟着年富力强、心智更正常的亲生父亲吗?

伊南怯怯地看一眼妈妈,妈妈猛然把头转向她,"我知道你在想什么!你以为跟着你们那死鬼老爸就有好日子过了?他找的那个老女人可不想要你们!为了不要你们,伊成峰跑去吸毒了!一个坐牢的妈妈和一个吸毒的爸爸,法官可没什么选择的余地!"

妈妈阴森森地笑,"我坐牢的时候,他在戒毒所——呵,他以为那老女人会等他,结果等他出来,那女人早带着个小白脸跑了!那小白脸你们也认识……我的一个远房表弟,伊南小时候他还抱过你呢……"

妈妈忽然用筷子点点伊南的脸,伊南半张着嘴。

"那小白脸说好了拿到钱平分,结果我刚进去坐牢,他就跟着富婆移民了!这个浑球儿!"妈妈的手指用力,伊南被筷子戳得疼了,可是她不敢别过脸去,硬生生地扛着,妈妈一个字一个字地说,"如果男人靠得住,我现在能落到这个地步?你们俩也最好死心,让我知道你们去找那个死鬼老爸,我打折你们的腿!"

伊南在接下来的几天去学校的时候,都要向所有人解释,自己脸上那一小块青斑是怎么回事……

这就是妈妈,她动一动手指头,她们俩就能痛很久。

那天起,她明白了两件事。

第一,妈妈并没有表现的那么无所谓——对于她幻想中已经沦落到跟在女人后面讨食或者干脆在监狱里了却残生的前夫,突然变成了大富翁这件事,她越在乎,表现得就越疯狂——她加重了体罚的难度和力度,不惜一切代价折磨她们两个女孩,她巴不得她们俩继承了她的愤怒仇恨,有朝一日出人头地,扬眉吐气。伊南相信,只要她有一点点苗头,能够和伊成峰的公司抗衡的苗头,妈妈就会要她去拼个鱼死网破。

第二,伊成峰也很清楚这件事。他一定是怀着这样的心理,才安装了那个摄像头。变态妈妈生出来的小孩,一定也是变态的吧?

伊南看着乔安南对她笑笑,摆摆手,转身走了。

他要跟伊洛确定一下细节?什么样的细节需要向伊洛确定?

伊洛,正为自己的新发型新衣服,为自己即将到手的遗产喜滋滋的伊洛,准备做别人家孩子的伊洛,应付得来吗?

伊南的疑问在一个多小时后就有了答案。她跟禾小绿正在家里吃晚饭的时候,禾小绿接到了乔安南打来的电话,即使是隔着很远,伊南也听到了话筒中乔安南气急败坏的声音。

"快点让伊南接电话!"

伊南的心一路下沉,是伊洛,肯定是伊洛,她又做了什么。

"喂?"她从牙缝中挤出声音。

"伊南,你快过来一下!伊洛把自己锁在阳台上,她要跳楼,郑朗家在十二楼……"

4

伊南看到伊洛的时候,伊洛的脸已经在冷风中冻得青白了。

"伊洛,出来。"伊南一边敲着阳台门的落地玻璃,一边对她喊。

这个蠢货!

阳台的窗户大开着,伊洛跨坐在窗户上,冷风从十二楼的窗户里灌进来,她在发抖,拱着肩膀,缩成一团,一双大眼睛无助而惊惶。

这样一张楚楚可怜的脸,任何人都会因此而心生怜爱。

真是难为她了!伊南心里冷笑着——妈妈去世,她也没这么难过。

"伊洛!出来,别干傻事!"

乔安南和禾小绿都在看着,伊南不得不扮演一个"关爱"妹妹的角色,这让她恶心而厌烦。

乔安南待在房间的另一头,紧张地走来走去。

"要不要报警?"她听到禾小绿这么问乔安南。她的声音中并没有担心的意味儿……难道,她也知道伊洛在演戏?伊南有些紧张起来。她不在乎禾小绿是不是喜欢伊洛,也不在乎禾小绿是不是喜欢她,可是,如果她都觉得伊洛在演戏,那么,乔安南会怎么想?

"要是能报警我还叫你们来干吗?"乔安南龇牙咧嘴,"我如果再惹出事,就得去跟你当同事了!"

"哦?上次你好像也是这样说的。"禾小绿哼了一声,耸耸肩膀。

乔安南不理她了,对着伊南,"伊南,你能劝她先下来吗?"

伊南深吸口气,点点头,"我试试。"

禾小绿说上次……乔安南经常把人逼得跳楼吗？什么样的警察可以逼人跳楼呢？坏警察？还是发现了真相的警察？

伊洛的声音带着哭腔："伊南，警察要把我抓走，我不想坐牢……"

那就让我去坐牢吗？伊南咬着牙，恨透了自己一次次给她收拾残局，帮她擦屁股！

她握紧了拳头，有那么一瞬间，她很想不顾一切地推开门，冲出去。在禾小绿和乔安南的尖叫声中，把伊洛推到楼下……那么一切就真的结束了！

可惜她不能。

"不会的，伊洛，警察不会抓你走的。"她深吸了一口气，尽量让自己的语气软下来。

伊洛新剪的俏丽的波波头，已经被风吹得乱七八糟。她眼神迷茫，狼狈又绝望。

"伊洛，快回来吧……多危险啊，你看郑妈妈对你那么好，你这样……她等下回家看到你这样，她可是有心脏病的……"乔安南苦口婆心，脸皱成一团。

"郑妈妈……"伊洛瘪瘪嘴，一副要哭不哭的样子。

她哭不出来的。

伊南知道。她已经很多年没见过伊洛的眼泪了。

不过对乔安南来说，这场戏已经足够了。我还能怎么办呢？装作什么都不知道？任由她被警察带走？不，不行，我不能这么做。伊南咬着牙。

"你下来，我去跟他们说。"

在乔安南和禾小绿不解的眼神中，她转过身，低下头，对着乔安南和禾小绿："乔叔叔，我说谎了。"

同一时间，她听见伊洛跳到地上，"吧嗒"一声打开阳台门的门锁，飞快地走出来，期期艾艾地说："伊南。"

像是在拦阻她，又像是在鼓励她。

伊南深吸一口气，静静地看着乔安南，站得笔直："那天早上去别墅的人是我，不是伊洛。"她吐字清晰："乔叔叔，你有什么问题就问我好了，别问伊洛，她什么都不知道。"

"哎，刚才真是吓死我……我这把岁数了，再这么来两次，小绿，你得给我收尸了。"乔安南一边揿下电梯按钮，一边对着禾小绿抱怨。

伊南站在禾小绿的身边，一声不吭。

"小绿，你在这儿陪伊洛，看着她，别让她再做出什么傻事来。"乔安南摇头，叹气："哎，不成，你最好把伊洛带你那儿去，等她情绪稳定了再回来——这事最好别让郑家人知道了，你懂我的意思吧？"

"好，我知道了。"禾小绿看伊南一眼，点点头。

伊南也懂。郑妈妈要知道伊洛刚刚打算在她家跳楼，肯定会反应激烈，首先，她会很生很生乔安南的气，气平之后，也许她又会重新评估伊洛——这个女孩会不会性格有什么缺陷，动不动就跳楼？那以后还会不会来这一套呢？

看来乔安南和禾小绿都在为伊洛考虑，为伊洛考虑，也是在为伊南考虑，也许事情没有那么糟糕？

电梯来了，在伊南上电梯之前，禾小绿看着伊南，问了一句："你知道自己在做什么，是不是？"

"我知道。"伊南用沉闷的声音说。

我知道自己在做什么，我在做一件羞耻的事情——一件我不得不做的事情。电梯门合拢前，禾小绿的表情分外严肃。

5

在乔安南说话前，伊南决定保持沉默。

乔安南泡了一杯热奶茶递给伊南，自己抱着枸杞茶感叹，"这一天可真够难过的……"

谁不是呢？伊南没作声，她每一天都很难过。

"那么，讲讲经过吧。"

乔安南一路上都没说话，伊南以为他在酝酿怎么对付她——就是这样？

她低着头，不去看乔安南，意味着乔安南也看不到她的表情。现在开始，每一步都要格外小心。

"我说谎了……星期一早上，是我去了别墅……"

"你为什么要说谎呢？"

"我们要交下个月的午餐费了，一个人交二百多，我们俩得四百多块，伊洛说她已经要过生活费了，午餐费该我去要了，所以星期一早上我就去了别墅……"

"那么早？六点钟？"

"我要赶回来上学……而且我知道，马清清一般早上六点就起床了。"

乔安南点点头，摸摸鼻子，"她这个生活习惯倒是很健康——可你为什么不星期天去呢？"

"如果我在休息日去，余莉……她肯定会找我麻烦。星期一去，我想，伊成峰也要上班，肯定不耐烦，会让余莉赶快给我钱，让我赶紧走。"伊南的脑子里浮现出马清清的脸，她娇笑着，伸出细长的手指。

"伊南，你这是对待后妈的态度吗？这么没礼貌，我怎么给你钱啊？你真该管管你的脾气，学学你妹妹……呵呵，你不服气啊？不服气，你就学学你妈妈，一分钱都不要，自力更生，多有骨气！"

伊南的手握成拳头，手指紧紧地抠着手心，一阵阵的疼痛，让她清醒。

乔安南龇牙咧嘴的样子，像是能感受她的疼痛，而她知道，那根本不可能——没有人能明白她的痛。

"那……你们平时多久去要一次生活费？"

"妈妈死了以后，那个男人说给我们一笔钱，让我们以后都不要再去找他，可是马清清不同意，她说给小孩子太多钱不好。她一次给我们一百块钱，没有了再去要。"

"这个马清清……"乔安南叹口气，"哎。"

伊南也沉默了。这十几年，所有知道她们遭遇的人，都会以"哎"作为语气助词来结束或者开始自己的感想。

"哎，可怜哦。"

"真惨啊，哎……"

"怎么会这样？哎！"

她真的听够了，她无与伦比地希望，有一天这个语气助词会变成"哇"！

"你去了别墅，看到了什么？"乔安南接着问。

"我看到他们死了，身上好多血，然后我就跑了。"

"就这些？"

和她想的一样，乔安南并不相信。

伊南没有回答，她在等乔安南开口——伊洛到底说了什么？乔安南还知道什么？

乔安南吹吹茶杯里的浮茶，喝口水，又笑笑："如果只是这样，伊洛为什么要替你说谎呢？余莉今天交代了，家里失窃的东西我们也都找到了——只有一条项链，上面有一只蜻蜓的白金项链，不见了。"

伊南还是没作声。

乔安南又说，"那条项链前一天马清清还戴着，别墅门口的监视器也证明了，她星期天晚上运动回来还戴着项链，之后一直到遇害，她都没有出过家门。"

那又怎么样呢？马清清丢的东西还少吗？为什么会独独注意到这条项链？

伊南仍然保持沉默。

乔安南慢悠悠地说："我想起了第一次见伊洛的那天早上，她跟她一个朋友在一起，哦，就是那个胖乎乎个子很高的女孩子，你认识吧？"

她认识，是瞿凌。

"那天早上，我见她的脖子上，戴了一条项链，吊坠正好是一只小蜻蜓，还真挺好看的。"

伊南咬着嘴唇。瞿凌戴了那条项链，还出现在警察面前?! 伊洛怎么能做这么蠢的事儿！她干吗要把项链给瞿凌？

伊南深吸一口气，抬起头来："项链是我拿的。"

"你拿的？"乔安南审视着她。

伊南的脸颊火烫火烫的，承认自己是个贼比做贼这件事本身，更让她无比羞愧。

"是我拿了……我看见桌上有条项链，就拿走了。我很需要钱，不然，我就交不了午餐费，我和伊洛的生活费支撑不了多久，还有，房东天天催我们要房租，再不交，她会把我们赶到大街上的——我们得活下去。"她尽量平静地说。

"那条项链呢？你怎么处理的？"

"我给了伊洛。我想让她等两天再把项链卖掉。"伊南吸了口气："我不知道，它怎么到瞿凌那儿去了。"

乔安南眼光如炬一般，盯了她好久，才微笑着说，"我不明白，既然是你拿的，为什么伊洛要说，是她去的现场呢？"

"我还有几个月高考了，我怕因为这件事万一……伊洛是高一，比我好一点儿，所以，所以我就跟她说，只要她说是她的，我就把项链当作她的生日礼物——她快过生日了。"

现在,所有的人都会鄙视她了,偷东西,还哄着妹妹来为她遮掩……

但眼前的乔安南看起来要多单纯有多单纯。"你怎么能肯定,摄像头没有拍到你的脸呢?"

"我不能肯定……但是我想那时候天还没亮,可能摄像头看不清。"

"可是,我还是不明白,你让伊洛承认去了别墅,是在星期一早上吧?"

"是。"

"那伊洛知道了这件事,然后就跑出去玩了两天才回家吗?"

"嗯。"

"为什么啊?"

"什么?"伊南不懂,什么为什么?

"她不是应该拿走项链,想办法卖掉吗?为什么要离家出走呢?"

"因为那项链是赃物,我告诉过她过几天再出手。我不知道伊洛为什么又离家出走……她之前说过好多次,她不想上学了。"

"是这样啊!"乔安南笑了,像是搞清了个大谜题,"我当时可为她担心了,我总觉得伊洛的离家出走,不是那么简单。她连自己最喜欢的手机都没拿……"

伊南的眼皮跳了一下,赶快低下了头。"我给了她五十块钱……跟她说,让她出去躲两天。万一你们没有发现项链丢了,那她就不用替我顶罪了。"

"你们的协议,包括她替你顶罪吗?"

伊南低下头:"我们最后没说定,我们不知道偷一条项链要多大的罪过,如果要坐牢,我不知道她肯不肯……"

6

伊南永远也忘不了伊洛十五岁生日那天发生的事儿!

伊洛十五岁生日那天，许下的生日愿望就是："让伊南去死！"

伊洛过生日，妈妈晚饭做的是长寿面。

妈妈从来没给她们买过生日蛋糕。妈妈说那种甜蜜蜜、油腻腻的东西，吃了只会使人性格软弱和身体虚胖——而对女人的幸福来说，软弱和虚胖都是致命的缺陷。

伊南记得，听完妈妈这番话后，她跟伊洛交换了一个眼神。她们俩想的一样：妈妈不软弱，她坚强得如铁似钢，她也不虚胖，曾是舞蹈演员的她，腰肢纤细，四肢修长，但这到底有什么用呢？她还不是没有一丁点儿的幸福？还连累自己的女儿跟她一起过得这么惨！

她们已经知道了父亲原来是活着的，而且还是个大富翁！想想吧，她们原本可以过怎样的日子！

在妈妈背转身子盛面的时候，伊洛翻了翻白眼，伊南自己也撇了撇嘴角。

她们已经不是以前那两个不管妈妈说什么，都会奉为真理的小可怜了，她们也有脑子，有判断！

她们的判断就是，妈妈是个疯子！对生活中一切美好的、甜蜜的东西都采取决绝态度的疯子！

可是，跟这样的疯子一起生活，她们能怎么办呢？

伊南是低头忍受，反正再忍忍，苦日子就要到头了，她会从这个家里出去，然后一去不回头。而伊洛不一样，她还要跟这个疯子一起住好几年！

一想到这一点，伊南就觉得这种忍耐一切的煎熬，不那么痛苦了。还有什么比那个让她的双腿疤痕累累的小恶魔受罪更让她舒心畅快的呢？

但伊洛显然在另外打着主意。

那天晚上,吃面的时候,伊南从伊洛无所谓的表象下,看出了她的蠢蠢欲动和跃跃欲试。啊,十五岁的生日,她就知道她会不甘心!

伊南一边吃面,一边不动声色地打量她。

吃完了饭,伊洛说出去找同学问作业。

伊南跟在她后面出了门。然后,她就发现了一桩让她气得浑身发抖的事情。

一辆车停在巷口,伊洛跑过去,车窗摇开,一张明媚的脸露出来,是那个女人!爸爸的那个女人!

她拿出一个大蛋糕盒,从车窗递给伊洛。

她对着伊洛笑笑,笑容中不无嘲讽。那笑容像一记耳光,狠狠地掴在伊南的脸颊上。

伊洛向她要蛋糕?像只摇尾乞怜的小狗,向那个对她露出嘲讽笑容的女人乞讨?

贱骨头!眼皮浅的贱骨头!

车子很快开走了,伊洛拎着蛋糕,喜笑颜开地去了巷口的一个小饭店。在那儿,几个平时跟伊洛玩得不错的女孩子正等着她。阵阵欢笑声传来,中间最高亢最兴奋的就是伊洛的声音。

伊南咬牙。拿乞讨来的生日蛋糕开派对?!不要脸的死丫头!

她回到家,叫来了妈妈。

之后的剧情,跟她想象中一样精彩。妈妈当着那几个小女孩的面,把蛋糕扔在了伊洛的脸上,然后,揪着她的头发,把她扯回家。

那天晚上,妈妈打碎了一只玻璃杯,然后罚伊洛跪在那堆玻璃碴儿中,跪一夜,而且不准擦那一脸的奶油残渣。

这就是妈妈的惩罚。

她兑现诺言,想要弄折伊洛的腿吗?伊南不寒而栗,妈妈还不知道她们去找过伊成峰——伊洛会说吗?她应该会说吧?她会拖伊南下水的,一定会的!

"你不是喜欢这个吗?就带着它们吧!"妈妈说完就去睡觉了,她把监督伊洛的任务交给伊南。"看好她,要是她敢动一动,就揍死她!"妈妈关灯之前,这样吩咐伊南。

伊南坐在自己的床铺上,看着跪在角落里的伊洛。

她的膝盖在流血……一定很疼吧?她怎么还不说?告诉妈妈,告诉妈妈,我们都去找过伊成峰了……

伊南几乎要窒息了。

她有一刹那的后悔,直到她借着月光,看到伊洛翕动的嘴唇。伊南屏住了呼吸,她读出了她的口型:让伊南去死!

她双手合在胸前,带着一脸的奶油和蛋糕渣滓……她在许生日愿望!

在这个昏沉的光线下,伊洛眼睛里的恨意也让伊南一目了然。伊洛十五岁的生日愿望,就是让伊南去死!

伊南的同情心到此为止。生日发这种恶毒的愿望,她会下地狱的!真正应该去死的人是伊洛才对!

她倒在床上,盖上被子,对着黑暗中的上铺,在心底喊回去:你才去死!

伊南忽然发现,这个世界上最不值得信任的人,其实是自己。

她最后还是不能让伊洛去死。

第四章 月光下露出的小尖牙

1

这个女人不喜欢她。

伊洛单独接触禾小绿十分钟后，就下了结论。而且是很不喜欢，是那种就算她再流眼泪装可怜或者费心思讨好都不会有改善的强烈的不喜欢。

是因为今天的事情吗？

反正无所谓了，不喜欢就不喜欢，有郑妈妈的喜欢就足够了。她真心希望郑妈妈对今天晚上的事情一无所知，就是因为这个，她才这么乖乖地跟禾小绿走，否则，谁愿意看禾小绿那张死人脸啊！

伊洛一边打着哈欠，一边跟着禾小绿走进她的房子。因为刚刚折腾得那一场，她身心俱疲！

哦，她的房子好小，客厅还不如郑妈妈家的卫生间大！沙发上摆着一床被褥,伊南就睡在那上面？这不会比她们租的那间小屋子里的上下铺更舒服！

对,伊南做任何决定,从来都不以舒服和享受为原则。她来这个世上,像是做苦行僧的——就像妈妈一样！

伊洛阴郁地想,继承那么大一笔遗产,对伊南这样的人来说,真是可惜了。她能想象,伊南有了钱后会怎么安排自己的生活。她会继续起得比鸡早,睡得比狗迟,或者是更苦,更殚精竭虑,以这笔财富为基础,向着更"伟大",更能证明自己"存在价值"的目标进发！

伊洛忍不住冷笑出声。

禾小绿瞪她一眼,拿出了手机,拨打电话。"郑朗,我是禾小绿,伊洛在我家,嗯,她今天晚上就住我这儿了,今天乔找她谈话,时间晚了……嗯,如果她愿意,我明天一早送她回去,好,那你跟伯母伯父说一下吧,嗯,再见。"

利落地挂了电话,禾小绿转过脸,声音不带任何温度地说:"你要洗澡吗？"

"不要,我在郑妈妈家已经洗过了。"

禾小绿沉默地审视着她,好一会儿才开口:"你和伊南到底是怎么回事？那天去现场的真是伊南？"

伊洛耸耸肩。离职的警察就不是警察了,她没有义务回答她的问题。她猜她就算生气,也不会把她赶到大街上,她现在对她有"监管"义务。她亲口从乔安南和伊南那儿应承下来的。

禾小绿冷冷地跟她对视。

"我要睡了。"伊洛把手机装回口袋。她可不想把一晚上的时间,都花在跟这个怪女人大眼瞪小眼上。瞧她的样子,是不是忘了自己已经是个修理工,而不再是警察了？

禾小绿指指卧室,话也懒得跟她说似的。

嗯？她不用睡沙发？

哦，伊洛随即想到，鉴于她今天的行为，禾小绿不放心她睡外间，免得她半夜可能发什么神经，又跑出去。那就恭敬不如从命喽！伊洛走到卧室，三两下脱了衣服，跳到禾小绿的床上。

她的床不够软，不够大，不能跟郑妈妈家的床比，但好歹比沙发好多了，伊洛找了个舒服的姿势躺好，闭上眼睛。

闭上眼睛之后，伊南的脸开始在眼前晃动。她今天一定很生她的气吧？

伊洛吐出一口气，她能怎么办呢？她已经很尽力了，她以为跳楼自杀的戏码那么容易演吗？她可是把自己吊在十二楼的窗外啊！

伊洛想想刚才半个身子吊在窗外，被夜风吹得睁不开眼睛的情景，就不禁后怕连连。拜托！她就要成为有钱人了，有钱人的生命都很宝贵的，要不是不得已，她才不会拿自己那么宝贵的生命冒险！她还要留着小命，尽情享受生活！

想到这里，那个姓乔的警察的脸又出现在眼前。他不仅是个笑面虎，还是个拦路虎！拦在伊洛和她幸福生活之间的讨人厌恶的臭老虎！

伊洛狠狠咬住被子一角，那个男人，远比他看上去还要狡猾，还要阴险！

两个小时前，乔安南来到郑朗家，笑嘻嘻地从口袋里掏出两张电影票，送给郑妈妈和郑爸爸，请他们去看电影，他说他有话要单独跟伊洛聊聊。

她当时脑子里就响起了警铃声，知道考验要来了。不过，她并没有多么害怕——这些警察能拿她怎么办呢？她才十五岁，有什么说不通的，多掉几滴眼泪，基本上就能搪塞过去了。

但乔安南并没有给她掉眼泪的机会。他是那么温和，那么亲切，那么细心周到。先是夸赞她的新发型漂亮，又关心她的功课有没有落下，再充满温情地回忆，他当年读高中的时候，是怎么对付老师和考试的……

她几乎都要以为，这个人是因为穷极无聊，来找她聊天打发时间的，直到他突然提到了上周六的事儿。

"余莉说你上周六去你爸爸家别墅了？"

"嗯。"

"她说你跟马清清一直待在二楼主卧室里，她听到你们有说有笑，聊得很开心？"

这个多嘴的女人！手上戴上手铐也没有让她清醒一点儿，闭紧嘴巴吗？

"嗯，我哄她高兴点，说不定能多拿一点儿钱。"

乔安南点点头，很赞同她的小心思似的："那后来有没有多给你？"

"没，她还是跟以前一样，给了我一百块。"

"哎，现在这物价，一百块够干吗的啊！都不够去饭馆吃一顿饭的！"乔安南一副站在她这边儿的口吻架势。

"嗯，可不是。星期天晚上就花得一分钱都没有了。"她打个哈欠，开始对乔安南的无聊感到厌倦了。

"所以你星期一又去问马清清要钱了？"

"嗯。"提到星期一的事儿，伊洛警觉点儿了——他到底想说什么？

"你看到两具尸体，然后给吓坏了，接着跑了——一口气躲了两天——这两天，身上一分钱都没有的你，吃什么呢？"

伊洛晃了一下神，马上振作精神，"我出门就捡了一百块钱。"

"哦，捡钱了啊？真够幸运的。"乔安南啧啧嘴巴。

他肯定不相信，但不相信又能怎么样？有哪条法律规定，受了惊吓的小女孩，不可能捡到钱呢？

乔安南接下来的话,让她差点跳起来:"要不是你说你捡到钱,我还以为你捡到项链了呢。"

他提到了项链!

"余莉说马清清遇害的前一天还戴着的白金项链不见了。"

"肯定是余莉偷的,她是个小偷,贼喊捉贼!"伊洛叫起来。

"余莉偷的赃物都被我们找到了,没有那条项链,她已经承认盗窃了,没有理由单单不认这件东西……"乔安南忽然像是意识到什么,露出吃了一惊的样子:"你也知道余莉偷东西?马清清都没有发现啊,你是怎么发现的?"

他看着她,像看一只落到他陷阱中的小老鼠。

伊洛张张嘴,又咽回去。

伊洛不吭声,乔安南并不追问,他喝口水,又伸个懒腰:"余莉说,那是一条白金的项链,吊坠是个小蜻蜓。听她这么一说,我就觉得很熟悉,有似曾相识的感觉啊……"

乔安南停下来,笑一笑:"那个女孩是你朋友吧?跟你一起吃麻辣烫的?我见她的那天,她脖子上戴的也是一只小蜻蜓吧?最近这种吊坠很流行吗?"

乔安南的表情很无辜。

他肯定会去问瞿凌的,而瞿凌,也肯定会把她兜出来的!项链的事儿怎么也掩不住了!

伊洛拼命不让自己露出惊讶的表情——她怎么能想到,这个警察过目不忘吗?连见过一次面的人脖子上戴的项链的小坠子,他都能记得吗?

真是疯了!

"伊南说她很少去别墅……最近也没去过吧?"

伊洛直瞪眼,她猜不到乔安南葫芦里卖的什么药,怎么问题又跳到伊南那儿去了？

乔安南露出一个古怪的表情："哎，这就怪了啊，我们在二楼卧室的梳妆台上，发现了伊南的指纹。"

指纹！伊南的指纹！

"会不会是上次伊南去的时候留下的？"乔安南问她。

"可能吧。"伊洛克制着内心的激动，故作轻松地耸耸肩膀。

警察把项链的事儿跟伊南的指纹联系起来问她，他一定是猜到了什么！她该怎么办？

"嗯，指纹倒还好说，可我们在床边还找到了伊南的头发……余莉每天都打扫房间，没道理一根头发留了一个星期啊……伊南说她一个星期没去过别墅了。"

我靠！不是吧！

伊洛一肚子的火……她还想再留点什么？

"我有点不明白了，如果是伊南那天早上去了别墅，她为什么要撒谎呢？"乔安南歪着头，望着伊洛，"你为什么要帮伊南撒谎？"

因为她是我的好姐姐！

"我……"伊洛什么都不能说，她望望门口——倒是有信心在乔安南眼前跑到门口，可是郑妈妈家有两道门，她肯定自己还来不及打开第一扇门就得被乔安南抓住……

那怎么办？伊洛的眼睛望向窗口……

没办法了，这是最快的方法。

伊洛跳起来，跑向阳台。

乔安南显然没有料到她这一招儿，她爬上窗户，透过阳台玻璃门，看到他目瞪口呆的样子。她很满意地看到这个笑面虎也有惊慌失措的时候！

今天晚上折腾这一场虽然又累又惊吓，可想想乔安南那副表情，也算值了!

伊洛看看手机上的时间,已经晚上十点了。伊南现在还在警局吗?项链的事情败露了,她有办法过关吗?那项链才二百块钱……能有什么事呢?她开始有点庆幸自己提前去给那项链做了鉴定——如果真是白金的,那可真够伊南喝一壶的!

不过没关系,她们现在有冯律师了,冯律师是她们的代理律师,他不会袖手旁观的。

伊洛又打个哈欠,还是有钱人好啊,有了麻烦,不用担惊,不用受怕,一切交给律师就好了,他专职负责收拾烂摊子。

伊南会没事的,她不会让自己有事的。否则,她怎么是伊南呢?

伊洛沉沉睡去。

2

伊洛一大早就被禾小绿送到了警察局。

她现在有了光明正大的理由不去上学了——郑妈妈今天早上给她打电话了,说已经帮她向学校请了一周的病假。"这段时间事情那么多,看把你折腾的! 还是休息休息,调养一阵再说吧。"

郑妈妈并不知道昨天她要跳楼的事儿—— 其实知道了也没什么。

她是为了掩护姐姐,才迫不得已撒谎的,这不丢人。然后,她只要真心诚意向她保证,以后一定要珍惜生命,热爱生活,再也不会情绪激动到爬阳台窗户的地步,以她这几天对郑妈妈的了解,她一定会谅解她。

郑妈妈接着在电话中热心地建议:"要不要也给伊南请几天假?从自己爸爸家里拿一条项链是多大的事啊,这孩子肯定也觉得委屈……"

"不用,不用。"伊洛赶紧拒绝。还有几个月就高考了,如果这时候有谁阻止了她奋发上进的步伐,她一定会杀人的!

伊南和伊洛不同,妈妈的教育已经深入了她的骨髓,努力和对成功的渴望成了她的本能——那种不管发生什么事都不能阻碍她的动力，时常让伊洛起一身鸡皮疙瘩。

洗脑……对，妈妈用她的教育，成功地洗脑了伊南。

有时候想想，伊南也够可怜的，她一辈子都在做别人希望她做到的事……哪怕这件事对她一点儿好处都没有。

伊洛跟着禾小绿走进办公室，一眼就看到郑妈妈正在数落乔安南。"……我们前脚刚走，你后脚就把伊洛带走了，我们现在是她代理监护人懂不懂？你带走孩子，不问一声的？她出了什么事你能负责吗？"

乔安南赔着笑脸安抚："不会出事的，伊洛在禾小绿那里……"

"哎哟，那姑娘连自己都照顾不好，你还让她照顾伊洛……"郑妈妈狠狠地瞪着乔安南，语气里是发自内心的担忧。

这让伊洛有些感动——这是这辈子，第一个什么都不图，就想对她好的人。虽然愚蠢，但是真的很感动。

"大妈……"她红着眼眶，快走了两步，轻轻挽住她的胳膊。

郑妈妈搂住伊洛的肩膀，"妹妹，你没事吧？昨晚睡得好不好？"

"嗯，挺好的，小绿姐姐对我很好。"伊洛看了一眼禾小绿，禾小绿对此的反应是一声冷哼，双眼望天。她刚刚肯定也听到了郑妈妈说的她连自己都照顾不好的话，并对此很恼火。

一个年轻漂亮的女人天天混在机油和零件中，无论如何也不能叫照顾好了自己吧？伊洛脸埋在郑妈妈的怀里，暗自吐吐舌头。

郑妈妈转回身，向乔安南强调："这种事情不好再发生了啊！就算你们是警察，也不能随随便便把人带走，更何况是个十几岁的孩子！以后你们再找伊洛，得通过我。"

乔安南息事宁人："好，好，通过您，通过您。"

郑妈妈拉伊洛走："走吧,大妈带你去买个新书包,下周上学了。"

"哎,郑妈妈……"乔安南赶快凑上来,"我还有些问题要问伊洛。"

郑妈妈看看伊洛,"你问吧。"她还是紧紧拽着伊洛的手。

"这个……"乔安南看起来有些为难。伊洛绽开了一个甜美的笑容,"你问吧,乔叔叔。"

既然伊南已经"接手"了乔安南,那么他还会有什么问题呢?不管什么问题,她都可以坦然回答。

"那好吧。我就是想问,你怎么知道余莉偷东西的……"乔安南紧张地望着窗户和门口。昨天那一场大闹,估计真的吓到他了吧。

伊洛在心里嗤笑了一声,表情却比乔安南还紧张,"我看到过。那次我去别墅,看到她偷偷地从仓库里拿东西,藏到自己的房间……"

"那是什么时候?"

"差不多半年前。"

"那你告诉马清清或者你爸爸了吗?"

"我跟阿姨说了——她说那是她送给余莉的。"

"可是你还是觉得她经常偷东西?"

"阿姨说我搬弄是非……所以我想查清楚。"伊洛低着头。

郑妈妈又是叹气,又是摇头:"什么人啊!真是!这样欺负小孩子的?!"

"那你后来调查出来,又告诉马清清了吗?"

"嗯,我说了!"伊洛坚定地大声说。

郑妈妈摸摸她的头发。

"是吗。"乔安南看起来很高兴的样子,"可是余莉说,马清清不知道她偷东西。"

"她说谎!"伊洛半张着嘴,看着郑妈妈,"我真的说了!那天马清清还说要辞退余莉!"

"那是什么时候？"

"一个月以前吧。"

"哦？那为什么没辞退呢？"

"我不知道……我后来去，看到还是余莉，阿姨也没说为什么。"

"你也没问？"

"嗯。"

"那马清清说要辞退余莉的时候，余莉也在吗？"

"她不在，她在楼下。"

乔安南皱着眉头。

他肯定相当头疼吧……伊洛想。余莉偷东西不是杀人的动机，偷东西被发现了才是。以马清清的手段，故意创造机会给余莉偷也说不定……就像她无数次戏弄伊洛一样。

马清清根本不在乎那些东西，她只在乎自己高兴。

"问完了没有啊？"郑妈妈有些不耐烦了，催促道。

"马上，马上。伊洛，你知道那条项链是假的吗？"

"嗯……我去做过鉴定了。"伊洛小声说。

"不，不，我是说，更早以前。余莉说，马清清的首饰有贵重的也有便宜的，好多都混在一起，她都不知道哪个是真的，哪个是假的。"

伊洛的眼皮不受控制地开始跳动，她装作整理头发，悄悄按着眼皮，轻声地说，"我不知道。"

"啊，这样啊……那伊南应该也不知道了。她运气可真好，幸好这项链不值钱。"

"是啊！"郑妈妈也翻白眼，"就这么一条破烂项链，你们又是带走伊洛，又是抓了伊南的！凶手不去抓，抓她们两个小姑娘有什么用？"

乔安南赔着笑脸，"是，是，是我们的错，我们的错。"他举手保证，"不会有下次了！"

郑妈妈冷哼了一声，"你知道就好！问完了吧？"

"乔叔叔，我可以见见伊南吗？"伊洛似乎是鼓着勇气发问。

"可以啊，她跟冯律师在一起，马上就出来了。"

冯律师脚步好快啊，倒真是尽职尽责，看来伊南没事儿了。她就说嘛，伊南就是伊南！

郑妈妈跟伊洛手拉手走到走廊上。

"妹妹，你在这里等我一下，我去找下你郑朗哥哥，这小子，一见我就溜。昨天晚上不知相亲相得怎么样，我得去问问他。"

"嗯，好。"伊洛乖巧地点头。

看到郑朗妈妈离开的身影，她把目光望向了还在办公室里的乔安南和禾小绿。他们在说什么呢？禾小绿已经不是警察了，乔安南为什么会毫不避嫌在她面前谈论案情呢？对了！这是为了从伊南嘴里套话！

天真！

伊洛冷眼看着他们，她对伊南有信心。

她身后传来脚步声，伊洛马上做出一副乖巧的模样，可是走廊里的人不是大妈，而是……

伊洛倏地睁大眼睛，左右看看，迅速跑到拐角的楼梯间藏好。

隔着一扇门，狼外公和狼外婆好像黑白无常似的，夹着惊慌失措的周帅，一直把他堵在了走廊上。

"叔叔，叔叔阿姨，这里，这里是警局。"周帅的声音都开始发抖了。

"哎哟，小周，你不要这么害怕嘛……我当然知道这里是警局……我又不想做什么……上次，我跟你说的事，你想好了吗？"狼外婆说。

"阿姨……我觉得……这个事，我真的帮不上忙。"

"帮得上！怎么帮不上？你只要按照我们说的——"狼外公的话被打

断了,狼外婆声音里透着和蔼可亲,"不是我们说的,是你听见的！你把你听见的说出来就可以啦。"

"但是我没听见啊。"

"哎,你不是说清清说过？"

"是,清清说过,可是伊先生没说过。嗯,我没听到过。张律师的意思是我要说,我听到伊先生说把遗产留给清清,这才是有效证词……阿姨,我不能做伪证。"

"什么伪证?!"狼外公又开始发脾气。伊洛都能想象他那副凶神恶煞的模样。

"好啦,好啦……我们不要在这里说了。"狼外婆听起来还是好脾气的,"小周啊,今天晚上阿姨请你吃饭……晚上八点,金钱豹自助餐,不见不散哟。"

金钱豹？伊洛撇撇嘴,二百多一位的自助餐,可真是舍得下本啊。

"小周……哎,要不是造化弄人,你现在应该管我叫妈了。"

这句话一出,伊洛实在忍不住探出了头,看到狼外婆居然眼角含泪,异常深情的样子。伊洛起了一身鸡皮疙瘩。

"阿姨……"周帅舔舔嘴唇,狼外婆摆摆手。

透过楼梯间的玻璃,伊洛看到狼外婆和狼外公一前一后地往另一边的电梯走去。而周帅,背靠着墙,长吁了一口气。

"我要是你,现在就得开始担心了……"伊洛拉开门,幽幽地说了一句。

她看到周帅吓得几乎跳起来的样子,差点失声大笑起来。

"你怎么在这儿？"周帅反应过来,左右看看,压低声音说。

"你怎么在这儿？"伊洛不答反问,"你是嫌疑人？"

"别胡说!"周帅着急地说,"我没有……伊洛,我没有杀人!我没有杀你爸爸!"

"搞得我多在乎一样！"伊洛白了他一眼，"马清清的爸妈找你作伪证啊？"

"我不会的，你放心，我不会乱说的！"

"什么叫乱说？"伊洛笑了，看着周帅拍胸脯保证，生怕她不相信的模样，"你如果确实听到了，可以告诉律师啊。"

"我没听到。"他坚定地说。

"他们可不这么想……金钱豹哟，高级自助餐啊！钓鱼得放鱼饵，从这鱼饵上看，他们的决心够大的啊。"

"我不会去的。你放心。"

"要是给你钱呢？"她斜着眼睛，打量着周帅。

每个人都是有价钱的，周帅的价格是多少呢？十万，一百万？关系到遗产继承权，要么得到全部，要么分文没有，狼外婆和狼外公肯定想过这一点，他们给周帅的价格不会低。

这个钱伊洛也可以许诺，但是她不会。因为伊南的缘故，她已经只能拥有那份家产的一半了，才不会再分出一部分，收买这个胆小怕事的没用的男人！

"我不会要的！伊洛，你要相信我，那件事……我真的不是故意的……"周帅叹口气，"我不会要钱的，多少钱都不会要的。"

他这句话，可能是真心的吗？

"警察找你什么事？"她变换了个话题。

周帅垂头丧气，"警察发现伊成峰调查过我和清清……他们怀疑清清肚子里的孩子是我的。"

"哦？要你提供 DNA 证明？"伊成峰终于怀疑了吗？他不是很笃定马清清不会做对不起他的事吗？马清清是在怀孕后不久才发现她们母女三人的，她第二次来她们家的时候，才带上了周帅——这个自以为是，充满了悲剧感的"大情种"——而对马清清而言，却只是个跑腿打杂的小喽啰而已吧。

不过怀疑这种事就像埋进土里的种子，只要在适当的时候说一些模棱两可的话，总会疯狂地生长。

伊成峰是不是也想过，他其实是被误导了呢？被他正眼都懒得瞧的小女儿——没关系，结果就是，他最终还是去做了亲子鉴定，他最终还是掉进了她的圈套，那就好。

这还多亏了马清清。在伊成峰还活着的时候，打他遗产的主意，这件事她死都不会告诉伊成峰的。所以，伊成峰临死前，还觉得自己戴了绿帽子。

伊洛心满意足地笑了。

"那倒还没有。"周帅又叹口气。

"警察问我和伊南的事了吗？"

"问了。我说我陪着清清去过几次你们家……清清，清清是示威去了。"

示威吗？也对——在被妈妈打了一巴掌之后，她的确是得找个打手才能示威了。她也不能让肚子里的孩子在还没出世前，就因为一次"意外"夭折了——尤其是她一番奔走，可都是为了这个孩子啊。

她抬头看到郑妈妈从洗手间出来，正在走廊里四处找她。

"我劝你今天还是去见他们——他们找不到你，还会找别人做伪证。"她打开楼梯间的门，好像不认识周帅一样。"我晚上会去找你。"

"大妈。"她扬起笑脸，向着郑妈妈快活地跑过去。

3

伊南的头垂得低低的，听着冯律师的教育。

"你们现在是关键时刻，一定要表现好一点儿。马清清父母已经委托好了律师，今天要到我们律师楼来谈遗产的事儿。如果协商不成，他们就会向法庭提出民事诉讼,那就意味着你们要开始打官司了。你们得要维持一个好的状态,一个好的形象,准备给法庭一个好印象啊！"

伊南点头,轻轻地"嗯"了一声。

伊南被冯律师带出警局,直接回到他的律师楼。伊洛也被要求一起跟来。冯律师受警方所托,好好教育一下他这两个未成年的当事人。

"就像昨天那件事,你们应该早点跟我说,我会帮你们处理的,就不会出现这样的乱子。"

伊南抬起眼睛,声音小小的:"我错了,冯律师……这件事,会通知我的学校吗?"

"还好你遇到的是个宽容好说话的警察,他同意对你教育之后,这件事就算到此为止了,不会扩大影响。"

"谢谢……"伊南吸吸鼻子。

伊洛也松了口气。就伊南那性格,这事如果真给捅到学校里,她背个处分,影响到她那神圣的高考,她不立马精神崩溃才怪!

"我就说嘛,那项链又不值钱,最多才二百块,肯定没事！"伊洛大咧咧地说。

冯律师马上把目光调过来,对着她,神色更是严厉上几分:"还有你！我听乔警官说了,你昨天竟然用跳楼来威胁警察！"

伊洛有些惊异:"啊,他告诉你了啊……"为什么要告诉律师呢?哦,对,他是她们的监护人。伊洛翻了个白眼。

"他当然要告诉我。跟你姐姐比,我看更需要好好教育的是你才对！你年纪小小,又是离家出走,又是跳楼自杀,花样够多的啊！"

你以为我乐意啊。伊洛在心里撇撇嘴,脸上却诚恳:"嗯,下次不会了……"

"最好如此。"冯律师哼了一声。

他前两天对她们还和蔼可亲,今天马上变了副嘴脸——监护人又不是爸爸，摆这个脸色给谁看？！伊洛强忍着怒火——她希望冯律师最好搞清楚状况，她们是他的衣食父母，而不是相反！

冯律师办公室的门被敲响，片刻，他的女秘书走进来："您等的马先生他们来了，我带到会议室去了。"

"好。"冯律师站起来，对着伊南和伊洛："走吧，看看他们怎么说。"

还能怎么说？伊洛一想到刚才楼梯间听到的一切，忽然又想笑了。她也确实笑了，惹来了伊南的一顿白眼。

等下你就知道了。她心里想。

马荣升穿了一身正儿八经的西装，面容严肃，刘素芳也经过了一番打扮，一脸杀气地坐在圆桌对面正中间的位置。一见冯律师带着伊南和伊洛出来，马荣升和刘素芳又都不约而同露出一副不屑一顾的模样。

跟这两个人坐在一起的，还有个穿西装的年轻人，一脸疙疙瘩瘩。他是唯一一个在冯律师他们进来后站起来的人，他自我介绍说姓张，是马荣升和刘素芳委托的律师。

"请坐。"冯律师客客气气地说，"应马先生和刘女士的要求，我们碰个面，因为伊先生没有留下遗嘱，那么依照法律，他的遗产应该由他的子女获得……"

刘素芳拍着桌子，"这俩丫头算什么？伊成峰跟我女儿结婚前可没说过有孩子，结婚以后也没跟她们联系过，可以说根本没当她们是自己的亲生骨肉，她们有什么资格继承遗产！"

这脸翻得真够彻底的！是谁二三天前，还泪眼婆婆地拉着她，声情并茂地自称外婆来着？

此刻，刘素芳早已经没了"外婆"的样子，哪怕是"狼外婆"也不沾边儿了，她指着伊洛和伊南的鼻子，一顿口沫横飞，溅了伊洛和伊南一脸。伊洛正要发怒，看到伊南非常平静地擦擦脸，伊洛也深吸一口气，忍了下来。她有本事把这里的情况搞得更大更乱,但是那有什么用呢?

"如果你们有异议,可以提出亲子鉴定……"

冯律师的话再次被打断,这次出声的是马荣生:"要说亲,还能有我女儿肚子里的孩子亲?那可是男孩!"他一拍桌子,"你别在这儿跟我鬼扯!怎么没有遗嘱!我女儿说了,伊成峰把所有钱都留给了她肚子里的孩子,就在半个月前!"

冯律师不紧不慢,抬了抬眼皮,"据我所知,伊先生可能对马清清女士说过,会把遗产留给她肚子里的孩子,但是没有付诸行动。"

"什么没有付诸行动,他亲口说的,那就是行动!"马荣生怒不可遏。

"就是,遗嘱也有口头遗嘱的,别当我们不知道!"刘素芳看一眼疙瘩脸的张律师,张律师点点头。

冯律师失笑,"就算是口头遗嘱,也要有见证人的——你们前两天说余莉是见证人,我已经问过她了,她说她不知道。"

"她是个杀人犯!我们女儿就是她杀的!黑心的女人,说的话能相信嘛!"刘素芳拍桌子。

"哦?那你们的意思是……"

"我们还有别的见证人!"马荣生和刘素芳对视了一眼,坚定地说。

是不是应该拿出手机把这些话录下来呢?如果有了周帅的证词,马荣生和刘素芳收买证人的证据就确凿了吧?伊洛刚把手机掏出来,一只手就按住了她。是伊南,她仍然是一副聚精会神的样子,看也不看她,手却按得她死死的。她是用第六感来监视她的吗?

伊洛不耐烦地看她一眼,悻悻地把手机又装回去。算了,反正今天晚上在金钱豹才是重头戏。她得想个办法溜出去,光指望周帅可不行,她最好能拿到录音证据。

冯律师清清喉咙:"就算你们有见证人——张律师,你既然代理遗产官司,应该也读过《继承法》吧?《继承法》明确规定,胎儿是没有继承权的,胎儿出生之后,才会作为独立的个体享有权利。就这一点,你难道没有告知你的委托人?"

小张律师手里捏着一张纸,一字一顿地念:"马清清系死者伊成峰已经结婚三年的妻子,鉴于马清清死亡之时,已经怀孕三个半月,胎儿系死者伊成峰的亲生子,理应享有子女继承权,在父母双亡的情况下,马荣生与刘素芳为胎儿的监护人,虽然胎儿已随母体死亡,但其继承权不变,应归监护人所有。"

冯律师好脾气地听完他说的,挑挑眉毛,"所以?"

张律师兴奋得脸上的疙瘩都开始发光,"胎儿没有继承权,这点我当然知道。可是这个孩子不一样,如……如果他出生,那么他就会享有全部的遗产。您也说过,伊成峰先生曾经说过,如果这个孩子是男孩,那么他就享有所有的继承权!"

"那又怎么样?"冯律师摇摇头,"胎儿没有继承权这点不能更改。"

"不,是你没明白。如果这个胎儿出生,那么他就享受了继承权,这个继承权当然包括如果孩子夭折,那么遗产就要由孩子的监护人,也就是马清清女士来继承,那么马清清女士也过世了呢?这个钱就是马荣生和刘素芳二位共同继承了,这点你不能否认吧?"

冯律师若有所思地望着他,点点头,"我只是觉得,你再继续说下去,你的两个委托人就有了杀害伊成峰和马清清的重大嫌疑了。"

伊洛扑哧笑出来。对刘素芳的怒目,她示威似的翻个白眼。

张律师一点儿没受到影响,"我只是希望你明白,在伊先生决定把钱给这个孩子的时刻,他就想到了,这个孩子的监护人会拿到这笔钱,这点应该没错吧?也就是说,从头到尾,伊先生就没有考虑过这两个女孩,他的主观意愿并没有想过把钱给这两个女孩,所以她们不应该继承这笔遗产!"

这句话说完,房间里瞬间安静下来。刘素芳和马荣生赞赏地对张律师点点头。

对,她的爸爸不会把遗产给她们……

他一毛钱也不会给她们……

他看她们的表情就像是看到两只正在吃人的小疯狗——又怕,又恶心。

不过,他也许没想到,这两只小疯狗,继承了妈妈的心狠手辣,同样也继承了他的狡猾和诡计多端。伊洛微微闭起眼睛,很是欣慰。

"所以说,你们的主张是……"冯律师轻轻地敲敲桌面。

"我当事人主张,伊成峰的全部财产应该属于马荣升和刘素芳所有,但鉴于亲情和道义起见,他们愿意为伊成峰跟前妻的女儿伊南和伊洛定期提供生活费,直到她们顺利念完大学,自食其力。"

又是定期提供生活费?还是每次一百元吗?伊洛想笑,又想骂人。

"很抱歉,我和我的当事人都不能同意你们的主张。"冯律师不急不缓地说。

马荣升和刘素芳早有心理准备,他们恶狠狠地盯着伊南和伊洛。"那就法庭上见吧!"马荣升嗓门大得震耳欲聋:"给脸不要脸,法院判下来,我们一分钱都不会给你们俩小丫头片子!"刘素芳则冷笑:"我女儿没说错,她们就是一头白眼母狼养下来的一对没良心的小狼崽子!自己的亲爸爸都不愿意要她们!什么东西!"

"我们是小狼崽子,你们就是大尾巴灰狼,胃口那么大,见什么都想吃!"伊洛嘲讽。

马荣升霍然起立,眼睛瞪得像铜铃,摩拳擦掌:"这臭丫头,我不给她俩嘴巴……"刘素芳拉住他:"行了,行了,跟这俩小丫头片子生气不值得,有她们后悔的时候!走,张律师!"他们一阵风似的出了会议室的门。

伊南和伊洛都看着冯律师。冯律师笑一笑:"人家战书已经下了,那我们就有招接招吧。"

他看起来倒一点儿也不担心——那当然，钱又不是你的！伊洛冷冷地望着他。

4

郑妈妈拿不定主意是要粉红色的芭比娃娃书包，还是要桃红色的HELLO KETTY 书包。伊洛在她背后做个鬼脸——她到底知不知道她有多大了？但她为她做了那么多，她的要求理应得到满足。只不过是背着个傻了吧唧的书包去上学，不会比被妈妈打得胳膊骨折还得去学校强颜欢笑更惨。

"妹妹，你自己觉得哪个好？"

伊洛神速地换上一副兴致勃勃的表情："哪个都好。我更喜欢凯蒂猫的，班上以前有女孩儿背过这种书包，我那个时候可羡慕了。"

"嗯……"郑妈妈还是不能舍弃那个粉红色书包："这样吧，我们买两个，你一个，伊南一个。那个禾小绿肯定想不到帮她买这些东西，伊南见妹妹有这么多新东西，心里肯定不好过，哎，也得让她高兴一下。"

郑妈妈拎着两个书包，看也不看上面"580 元"的标价牌，就去收银台交款了。两个 580 元！一千多块能做多少事情啊，而这位大妈却买了两个那么傻的书包！伊洛吐出一口气。

此前，她们经过饰品专柜的时候，郑妈妈买了两个据说是韩国进口的、带晶晶亮蝴蝶结的发箍，一个粉蓝色，一个粉红色，也是送给伊洛和伊南的。

伊洛不能想象，伊南头上戴着粉红色蝴蝶结发箍，背上背着粉红色书包去上学是什么样子。她能想象的，就是收到这些礼物，伊南脸上的表情，不会是这位热心的大妈所期望看到的。

她们经过一个甜品店，郑妈妈饶有兴致地说："这里的原味奶酪蛋糕特别好吃，原料都从法国进口的，走，我们一起尝尝去！"

蛋糕……伊洛停下了脚步。"大妈,我不喜欢吃蛋糕……那个,我对蛋糕过敏……"

郑妈妈又惊讶又失笑:"哪有人对蛋糕过敏啊?除非你对奶制品过敏,不过,你牛奶不是一直喝得很好吗?"

她的确对蛋糕过敏,自从那次带着一脸奶油蛋糕跪了一夜之后,每次见了这些美轮美奂,散发着致命甜美诱惑气味的东西,她都会马上心跳加速,憋闷得要窒息。

"大妈,我们回去吧,我跟同学说好了,今天去她家做功课的。"她撒娇地挽着郑妈妈的胳膊,把她从甜品店前拉走了。

从购物中心出来,伊洛接到了伊南的电话——从禾小绿家里打来的。

"你在哪儿?"

"刚出商场。"

如果不是迫不得已,伊南从来不会给她打电话。她猜,这次肯定也不是伊南的本意。

果然。

"乔叔叔说晚上请我们吃饭。"

"鸿门宴啊?"伊洛嗤笑一声,赶快收起笑意,她不能确定有没有人在电话那头偷听。伊洛瞟一眼郑妈妈,她正在开后座的车门,把买的东西都丢进去。

"我今天晚上要去瞿凌家——"伊洛把给郑妈妈的理由,又复述了一遍,然后转过身,压低声音,"那个项链的事,她被她爸妈打了一顿,我去解释一下。"

"嗯,那好吧。"伊南挂断了电话。

真奇怪!干吗要请我们吃饭?

"谁打的电话啊？"也许是伊洛若有所思的样子,引起了郑妈妈的注意。

"是伊南,她说乔叔叔要请我们吃饭。"

郑妈妈帮伊洛拉开车门:"嗯,应该的。昨天晚上他这事办得也太毛躁了,都是这个小乔!亏我们家郑朗,还整天跟在他后面,当他是福尔摩斯似的崇拜着。"

伊洛貌似不经意道:"大妈,乔叔叔的确很厉害的。"

"厉害?跟他一起进警局的,都当刑侦队长了,他可好,还是个小警察,厉害什么啊!"郑妈妈对乔安南还是一肚子气,抱怨完,她转过头,又对伊洛笑:"你跟同学约的几点啊,我现在送你去你同学家吧……晚上要我接你吗?"

"不用了。我自己坐地铁回去……大妈,我明天把书包送给伊南好吗?"

郑妈妈笑着发动了汽车:"好啊。"

"谢谢大妈!伊南肯定会高兴死了!"她会高兴得把它们丢到窗户外面去!

郑妈妈一边开着车子,一边感叹:"看着你们,我还真有点后悔就生了郑朗一个,该给他生个弟弟或妹妹,等我们老了,两个孩子互相依靠,互相帮助着,我也好更放心。"

"大妈,您放心,我会做郑朗哥哥的好妹妹,以后,等我长大了,要是知道郑朗哥哥有什么困难了,我一定会像帮妹妹那样去帮他的。"伊洛用一个十五岁孩子所能表现出来的最大的诚恳说。郑妈妈感动得差点都握不住方向盘了:"好孩子!"

伊洛穿着瞿凌的一件连帽衫,宽宽大大的,都到膝盖了,像个大麻袋似的。伊洛对着镜子"咯咯"地笑出了声,瞿凌也嘿嘿笑起来:"早跟你说了,你穿我衣服不行!这也太难看了!"

自伊洛答应请她去吃金钱豹自助餐后,瞿凌就不再因为那条项链的事儿生气了。

"没关系,就穿它。"

瞿凌看伊洛又把她买来装时髦的大大的黑框眼镜戴上,再顶上她妈妈的一项乱蓬蓬的鬈毛假发。"你到底要干吗啊?"瞿凌好奇死了,"把自己打扮成个傻大姐好玩吗?

伊洛在镜子前转转圈:"很惹眼儿的傻大姐?"

"让人看一眼后懒得看第二眼的傻大姐。"

"那就是了。走吧。"

瞿凌觉得特好玩儿,她挎着伊洛的胳膊,一边歪着头不停地打量她,一边呵呵傻笑。

伊洛掏出了钱包,从里面抽了五张大钞票,交了两个人的自助餐费。瞿凌直咂嘴巴。"哎哟喂!发达了你!"

"是今天早上我哥塞给我的零用钱啦。"

"哟,你'哥',叫得可真亲热!"

伊洛一边领着瞿凌朝里面走,一边笑嘻嘻地:"羡慕嫉妒恨吧?"

"可不,我现在都恨不得我也是孤儿!"瞿凌大声地叹着气:"我要有你这命就好了!"

伊洛笑眯眯地看着她,现在终于也有人羡慕她的命了!

伊洛远远地就看到了周帅,他被马荣生和刘素芳夹在中间,腰挺得直直的,好像马上就被押上刑场似的,表情绝望至极。

他深爱的马清清死了,而她的父母——按照他们的说法,是差点成了他父母的这两个人,却为了一笔遗产逼着他说谎。

这都是他自找的！帮前女友打她现任丈夫遗产的主意,跟着前女友为虎作伥,欺负孤儿寡母——只要脑子正常点的男人,一定不会去做的。

伊洛冷笑一声,愚蠢的人总会把自己置于可怜的境地。她拉着瞿凌走到他们旁边的位置坐下。希望在马荣生两口子"吃掉"周帅之前,她能拿到证据。

"哇,你刚看到了吗?好大的虾啊……还有螃蟹!"瞿凌赞叹着走到座位上,脱掉外套就往自助区跑,"你想吃什么? 伊……"伊洛赶快抓住她的手,压低声音,"都说了我今天是傻大姐,别叫我名字。"

瞿凌咯咯笑,"说的好像这儿有人认识你似的!好啦,我知道了,傻大姐!"她笑着走开。伊洛马上从包里拿出电话,左右看看,见没人,把手机放在靠背椅的缝隙里,喇叭冲着周帅那桌子,然后挺直腰板,竖起耳朵听他们说话。

看样子已经说了一阵了, 刘素芳的声音还带着哭腔,"……小周,我现在看到你,就想到我们清清,那时候你跟清清谈恋爱,你还记得吗?"

周帅低下头,没吭声。

"那个时候, 你们才十六七岁, 你天天早上都在我们家巷口等着清清,下午放学,再跟她一路回来,不管天冷天热,也不管刮风下雨。其实我跟你叔叔两个, 心里是为你很感动的, 可那个时候你们不是要考大学嘛,所以我们再感动,对你态度也只能凶一点儿了,我相信你肯定能理解我们父母的心思,不会记恨我们的,是不是? 哎,其实啊,见你们考上同一所大学,我们心里可为你们高兴了……我跟你叔叔说过,这小伙子又踏实,又深情,把清清交给他,我放心……老马,我是不是说过这话?"

马荣生嘴巴里不知道正嚼着什么, 听到问话, 口齿不清地说:"嗯,嗯。"

"小周,虽然我也不知道你跟清清在大学有没有谈过恋爱,但我知道,你在清清心里,地位非常非常重要,她也许从来没表现出来,可你看看,她有什么事儿,有什么秘密,都说给你一个人知道! 对你,这丫头比对我们父母还信任呢! 你说,她心里对你能没有情分吗?!"

听到这儿,伊洛差点笑起来。有情? 有情所以才嫁给了别的男人吗,有情所以才给别的男人生孩子吗?

但是,这话却给了周帅莫大的慰藉,他"嗯"了一声,然后很响地吸鼻子。

刘素芳忽然压低了声音:"我才听说伊成峰给清清肚子里的孩子做亲子鉴定的事儿,你瞧瞧,这男人多不是东西啊! 他这是在怀疑你跟清清呢! 我真后悔啊,要是清清当初跟了你,她也不至于落得这个下场! 嫁给姓伊的,她虽然过得要什么有什么,可心里却不快活。我知道,她肯定也是在后悔,后悔当初没有跟了你哇!"

周帅吸鼻子的声音变成了哽咽声。

可能吗? 马清清会后悔没有跟了周帅? 开什么玩笑! 以马清清的现实,估计她在最荒谬的梦里,也没有考虑过有一天会跟周帅走到一起的事儿吧?

但周帅就信,他还为此哭了起来! 哎,宅男的天真啊! 难怪这么多年,被马清清玩弄于股掌之中。

刘素芳似乎在拍打着周帅:"孩子,孩子,你别哭啊……清清没了,我们的心都碎了,但我们都老了,白发人送黑发人,这滋味跟刀子割肉似的……"她也哽咽了。

伊洛听得出神,看到瞿凌冲她招手,只是淡淡地摆摆手。她忽然觉得,马荣生和刘素芳可能也没有想象中那么差。她在别墅的时候,听到过马清清给刘素芳打电话,马清清这边娇嗔的样子不像是装的,她可能爱钱,也可能势利刻薄,可是她的人生依旧是幸福的,哪怕她尸骨未寒,她父母就开始为了遗产上蹿下跳……

不然能怎么样呢?

人已经死了呀。

周帅好一会儿,才发出声音,他瓮声瓮气地说:"阿姨,您别难过,清清要是看您哭,她也会难受的⋯⋯"

哦,对了,还有这个二十四孝的备胎——从初恋开始,就把一切感情就交给她的男人,无怨无悔为她冲锋陷阵,即使是她嫁了人,即使是她怀了别人的孩子,他仍然痴痴守候。这么想来,马清清就算是死了,也没什么遗憾的。她享了二十六年的福了,够本了!

刘素芳擦擦鼻涕,"我本来是想着,过几年,清清如果跟姓伊的过得实在不幸福,你的条件也好点儿了⋯⋯你们也不是没有可能。可谁能想到,清清就没了呢?"

"我知道,阿姨,这就是命⋯⋯"周帅说。

停了一会儿,刘素芳才像是强打起精神来似的,"嗯,你不怪阿姨和叔叔就好了⋯⋯你先吃点儿东西吧。想吃什么,阿姨给你拿。"

周帅显然没心情,"随便吧。"

"好。我记得你喜欢吃牛肉⋯⋯我去看看⋯⋯"

伊洛赶快低下头,装作拨弄头发,抬眼皮看到刘素芳从她身边经过。瞿凌已经在桌上摆满了吃的,她还想再去拿,被伊洛叫住了,"吃完了再拿吧。"

就在几天前,她都不敢保证自己到了这种高级地方,会不会比瞿凌表现得还丢人。居移气,养移体。古人说得有道理。

和郑妈妈这些天出入的都是高级场所,吃穿用度都是她从来想都没想过的。

伊洛优雅地拿着筷子,把一块三文鱼刺身放在嘴里。谁都看不出,她是小胡同里出来的孩子。

"嗯嗯!"瞿凌嘴里塞满了肉,"这儿东西可真贵,多吃点才能吃回本儿啊！"

伊洛笑。忽然觉得，在她眼里的瞿凌，是不是就是郑妈妈一家眼里的自己呢？不过，以后不会了。她不会是从前那个伊洛了，再也不会了。

刘素芳那边也在吃东西，刘素芳不住地给周帅夹菜，让他多吃点。"阿姨……我……"周帅几次欲言又止，都被刘素芳打断了。

怎么？真的以为二百块钱的一顿饭，就能让周帅为你赴汤蹈火？你又不是马清清！

"阿姨，我不能这么做！"周帅突然扬高了声音。周围的人都看向他们，瞿凌也看了一眼，又低头开始吃东西了。

"阿姨，我不能撒谎。"周帅压低了声音，伊洛不得不把头昂起来，才能听见他们的对话。"我不能做伪证。"

"这不是伪证啊。"刘素芳说，"你也知道啊，伊成峰是说要把遗产留给清清的。"

"我知道。可那是清清说的，我没听到伊成峰说。"

"这可真是，有什么区别啊？如果伊成峰没说，我们清清为什么要说这个事？伊成峰又不是个老头子，他才四十多岁，好端端说什么遗产？肯定是他跟清清说的嘛！"

"话是这么说，可我真的没听到伊成峰说。"

刘素芳不说话了，马荣生咳嗽了一声，"小周，你跟清清最好，她心里怎么想的，你比我们都清楚——如果清清活着，你说她会把钱留给那两个丫头吗？"

周帅没说话。

马荣生又接着说，"那两丫头，就是清清心里的刺啊！我们俩这岁数，还有什么想不开的？我们是不能让清清去了那边，心里还埋怨我们没帮她啊……"

伊洛冷笑着低下头。马清清经常和她说笑，一边漫不经心地涂着指甲或者玩着手机，一边轻描淡写地说着伊洛妈妈的坏话。“疯女人……你说你们妈妈，当初是怎么想的啊？她现在看你爸爸过得这么好，后悔了吧？”说完，她还会哧哧笑。

自从见了妈妈之后，她满心把妈妈和她们两个都当成了假想敌——她的巨额家产的假想敌。

她根本不了解伊成峰和她们妈妈之间的事儿，她也不相信，伊成峰会真的把两个亲生女儿抛在脑后。愚蠢的女人啊！

在伊成峰准备一次性给她们一笔钱的时候，她还不知道这是伊成峰在保护她吧？这个愚蠢的女人，她根本不知道“疯”也是会遗传的。

所以没有错，马清清如果泉下有知，现在一定急得恨不能从地底下跳起来。

伊洛斜眼看一下地板，又轻轻地笑了。

“叔叔！这件事就这样吧！清清死了，跟伊南和伊洛没关系，可是韩敏的死……”

“你什么意思？是清清害死韩敏的？她自己走路不看车，能怪我们清清吗？”

周帅一下没了脾气，过了半天才嗫嚅着，“我不是那个意思。”

“那你是什么意思？帮我们，还是帮那两个丫头？”马荣生的语气火药味浓厚，刘素芳马上站出来打圆场。“小周，你叔叔不是那个意思——其实我们是觉得吧，你跟法官说一下，伊成峰把遗产留给了清清，这样大家都省事……你要觉得这是做伪证，那我们也不能把你往火坑里推，对吧？”

隔着一个座位靠背，伊洛都能听到周帅大松一口气的动静。可刘素芳却没有那么容易放过他，她话锋一转：“不过呢……前两天我们收拾清清遗物的时候，找到过一张律师的名片——我和老马去找过那个律师了,好说歹说,他才告诉我们,清清找他,是拟定了一个放弃遗产的协议……"

"啊,那个……"

马荣升和刘素芳异口同声地:"是给韩敏的?"

"是有这事,可是……"

刘素芳的声音都颤抖起来:"如果有这个协议在,那什么都好办了!张律师说了,如果有她们的监护人声明放弃遗产的协议在,那这个官司,我们就能更有把握了!"

马荣升急吼吼地说:"她到底签了吗?那协议在哪儿?"

伊洛全身的血都冲到了头顶。这么说,妈妈还是签了这个协议?!她的好妈妈,在临死前,留给她和伊南的遗产……就是放弃伊成峰的遗产!

周帅好像下了很大的决心:"协议韩敏是签了,可是……她出事后,我就给撕了……"

"撕了?!"刘素芳终于爆发了,腾一下站起来。

伊洛遮着脸回头看了一眼,刘素芳双手叉腰,对着周帅一通喊,"你脑子有毛病吧?那文件是你的吗?你凭什么撕它?"

马荣生也站起来,污言秽语地冲着周帅招呼,"你要搞清楚!是你,是你追着韩敏,韩敏才会被车撞死!你搞清楚!是你的错,你才是杀人凶手!"

伊洛默默地把手机拿回来。她翻弄着手机,找到刚才录音的文件,按了删除键。这个录音,只能证明,妈妈以监护人的身份,帮她们俩放弃了遗产……

5

周帅远远地过来了,背着他的双肩包,低着头看着脚尖走路,慢吞吞,像极了一只忧郁的老乌龟。伊洛从一棵树后面闪身出来:"周叔叔!"周帅吓得真的跳了起来:"哎呀!"

"别怕,是我啊,伊洛。"伊洛咯咯笑着。

伊洛比周帅更早离开金钱豹,当时刘慧芳正把一记响亮的耳光甩到了周帅的脸上,伊洛知道,周帅很快就会走人了。伊洛打车赶在他前面,等在他公寓楼下。

周帅认出是她,更是倒吸一口气,马上就想掉头逃跑。

"你要跑的话,我就喊非礼了哦。"她笑着,但是语气坚定。

周帅停下脚步,脸上带着绝望的表情,又走回来。

"这样多好!"她笑得甜美,"我们去前面坐。"

伊洛说的前面,是周帅家楼下的小花园。她来过这里——在周帅第二次来她们家之后,她偷偷跟踪过周帅。

"你想怎么样?"周帅拽着背包带,一脸戒备。小花园里只有一个灯柱,光线昏暗。

"我能把你怎么样啊?"伊洛轻笑出声,"这里安全……你也不想警察知道,我们俩私下见面吧?"

"那你想……"

伊洛坐在个石凳上面,拍拍旁边的位置。"你坐下啊。"

周帅咬咬牙,坐在石凳的另一角,离伊洛很远。

伊洛扑哧一笑,又收起笑意。"你脸还疼吗?"

"啊,什么?"

"刚刚那一耳光多响啊,我听着都疼——他们家是不是有捆耳光的家族遗传?马清清那次甩你巴掌,也是这样又响又脆的。"伊洛关心地细看他的脸,周帅脸上的指痕宛然。

"你………你怎么知道?"周帅恐惧地看着她。

"我要想知道,自然就会知道。"伊洛笑得像只小狐狸,她咂咂嘴巴,看着周帅的脸,又摇头:"真够狠的啊!"

周帅忍着气:"你到底想说什么?"

"也没什么,就是关心关心你。"

周帅有点拿不准:"不用了……那个,如果没什么事……"

"你看,他们打你耳光那么狠,而我这么关心你,你不会好坏不分,站在他们那一边吧?"

"我……不会……"周帅含混地。

伊洛露出松了一口气的样子:"那就好,我还担心你又犯了贱骨头的病,人家越狠狠地对你,你越用力摇尾巴。"

周帅站起来,几乎要抓狂了:"你到底要怎样?"

伊洛也站起来,在月光下露着她的小牙尖:"很简单,我要我妈妈签的那个东西。"

"那个……"

"你真撕掉了?我觉得不会。你不会主动撕掉跟马清清有关的任何东西,别人不了解,我可知道你对她有多忠心耿耿!"伊洛收敛了笑意:"其实,知道这件事,我挺不高兴的,我还以为我们之间没有什么秘密呢,怎么,我妈妈签了那个东西的事儿,你都不告诉我?"

周帅垂下头:"对不起,我没有伤害你们的意思,我只是……"

"你只是不想提它?因为一提到它,你就会想起我妈妈是怎么死的?"伊洛口气阴森森。

周帅都快哭起来了:"对不起……"

"你真要感到对不起,那就废话少说,东西拿来!"

"啊……"

"我妈妈签的那份协议!"

"在楼上……"

伊洛看看手表："给你五分钟,如果超过五分钟……"

"我马上回来!"周帅转身就跑。

伊洛满意地对着他的背影笑。

对马清清来说,周帅一定并不是一个合格的跟班。作为小喽啰,他有个致命的缺陷,那就是"有良心"。

他跟马清清来她们家"示威"的时候,一直气场不足。尤其是面对伊南和伊洛两个,他的眼神一直躲闪着她们,一脸惭愧。他知道自己在做不对的事情,可是,那是他的"女神"要他做的,他只是没办法。

妈妈的去世,把周帅的"良心"折磨到了无以复加的地步。伊洛不知道在妈妈的葬礼上,她和伊南在一群中年妇女的围拥中看起来是多么可怜,以至于周帅看到她们,畏畏缩缩地躲在墙角,头都不敢抬,偶尔被她捕捉到眼神,那里面充满了无望的挣扎和可怜巴巴的乞求。

听说妈妈出车祸的时候,是他报的警,伊洛大体上能猜出来,那是个什么样的前因后果——那几天,周帅正被马清清催得像个无头苍蝇,整天在妈妈身边打转儿,缠着妈妈签那份放弃遗产的协议书。在妈妈出车祸之前,周帅一定是跟她在一起,而且,见面的情境不会特别愉快,所以,妈妈转脸出了事儿,周帅便不由分说地把妈妈的死,归结到了自己头上。

可贵的良心啊!

从此,马清清就少了一个坚定的同盟者,而伊洛却多了一个可以任她驱使的"忠诚"朋友。

周帅如她所规定的,五分钟之内就跑回来了,他手里拿着一个白色的文件袋。伊洛认识这个文件袋。当初周帅就是拿着它,追着她们的妈妈到处走的。伊洛对着周帅扬起了一个笑,"这东西你从没见过。"

她只是冷冷地望了周帅一眼，就看到周帅头如捣蒜。一看到他这服服帖帖的样子，伊洛就打心里舒服。

她把文件袋放进背包，转过脸，又笑了，"正事说完了，我们说点其他的吧……那案子怎么样了？"

6

伊南还没回来，那个警察拉着她，究竟在聊什么呢？伊洛坐在禾小绿楼下花坛的围栏上，一边等伊南，一边琢磨着刚刚周帅对她说的话。

不知怎么的，现在警察好像不认为保姆余莉是凶手了。而对金华和周帅的不在场证明，他们也反复地核查过了。凶手不是余莉，不是金华，不是周帅，那会是谁呢？而且，有监控录像在，明明案发时，除了保姆，没有别人啊！

这些警察是怎么想的？！

不然还是伊成峰跟马清清互捅的么？马清清捅死了伊成峰，伊成峰又在临死前捅死了马清清……那也太疯狂了！

哦，对，还有凶器的事儿，警察一直没有找到凶器，所以才觉得余莉不是凶手吗？

伊洛的手指有一下没一下地缠绕着她背包的带子玩儿。哎，凶手……如果不是他们，那会是谁？

这时，伊洛看到了伊南，她是被郑朗送回来的。两人一边走一边说着，看起来心情都不错。伊洛被一种不知名的情绪侵袭了，她站在原地想了半天，才琢磨过来——这是嫉妒。

看到郑朗哈哈笑的样子，让她开始嫉妒。

伊南有一种可以让任何人喜欢上她的本事——至少伊洛这十五年，她还没听谁说过伊南的不好，当然，妈妈、伊成峰还有马清清等人是可以排除在外的。他们不喜欢伊南，是因为她的身份，而不是她的性格。

这样懂事乖巧的女孩谁不喜欢呢？就算郑朗知道伊南偷了东西，可结果呢？

伊洛有一种强烈的不安全感。

"哎？伊洛？！"郑朗先看到了他，惊奇地睁大眼睛，"你怎么在这儿？"

伊洛马上露出个笑容："哥。"

伊南站在一边，目露寒意地看着她。

她肯定很生气——对她这个正儿八经的姐姐不理不睬，对这个半路的"哥"倒是亲亲热热！

趁着这位"哥"不注意，她对着伊南做个鬼脸。人家今天早上还又热情又贴心地塞给她零用钱呢，跟只会恶声恶气的伊南比，她当然对他会更亲近啦！

她希望伊南不要白费心思了，既然她选择了和禾小绿生活，就离"哥"远点儿吧！她可不想在郑朗家，再看到这个"姐姐"了！

"哥，我今天用你的钱请朋友吃饭了，朋友都可高兴了，都夸我有个好哥哥呢！"

郑朗笑起来，把伊洛的头发揉揉乱，像揉一只小狗似的："是夸我，还是夸我的零用钱？"

"都有啦。"伊洛亲昵地用肩膀撞撞郑朗。郑朗大笑起来。

这才是姐妹兄弟该有的样子吧！伊洛很高兴她的世界终于变得正常起来。

她永远记得她十五岁生日请朋友吃饭，因为眼前的这个姐姐，发生了什么样的可怕事情。那件事给了她永久性的阴影，今天，她拒绝郑妈妈为她买奶酪蛋糕的好意的时候，曾经在那天晚上跪紫了的膝盖都在不由自主地抽搐！

死伊南！看看人家都是怎么当哥哥姐姐的吧！

而伊南却对她跟郑朗的亲昵兄妹情视而不见，她依然沉静又安稳：

"伊洛,你怎么这么晚还不回家?"

"这个给你!"伊洛把书包塞给伊南,"郑妈妈买给你的,本来想明天给你,但是我想你早点背上这个书包——明天早上郑妈妈送我上学如果看到你背着它,肯定很开心!"

当着郑朗的面,伊南的表情特别有意思。伊洛差点笑出来。她是恨不得给伊洛一巴掌呢,还是把这粉嘟嘟的书包扔在地上踩两脚呢?

伊南却很快调整好了表情;她微笑着接过来,"谢谢郑妈妈。"她对着郑朗说。

这已经是她的极限了,伊洛想。

果然,伊南马上转向伊洛,"你快回去吧,你这两天也要在家里好好复习一下功课,下周上学,不要落下太多,很快就期中考试了,知道吗?郑朗哥哥,您送伊洛回家吗?"

"我啊?"郑朗看看表:"我还得回局里一趟,老乔说他关于案子有点新想法跟我们讨论。"

新想法?这个乔安南,想法怎么那么多!伊洛不禁烦躁,伊南肯定也是这么觉得的,可她的脸上却丝毫看不出一丝额外的表情。

"那,伊洛,天这么晚了,你自己回去一定要小心,到了家给我打个电话。"她像个担忧而啰唆的耐心长姐那样嘱咐她。

"我坐地铁回去了,再见。"伊洛赶紧溜走。她最不能忍受的,就是伊南要扮个好姐姐样儿了,那会让她忍不住有想抽她的冲动。

她"噔噔噔"地下楼,走到楼梯转角,还听到伊南对郑朗歉意地:"伊洛住你们家,真是麻烦你们了,她有时候不懂事……"

伊洛停下来翻个白眼。她怕全世界都不知道她是个多么好的"姐姐"吗?如果说伊洛的"最恨字眼"有个排行榜的话,"好姐姐"三个字,绝对能挤进前三名!

伊南陷害她,都是以这样一个"好姐姐"的面目来进行的。

每次,伊南抓住她的小辫子,都会一脸正经地去找妈妈:"伊洛撒谎了,她没上晚自习,她跟她同学一起去网吧玩游戏了。"

"伊洛班收资料费是二十五块,不是三十块,她多要了五块钱,我看到她今天上学路上偷买了一瓶饮料。"

"伊洛今天考试了,她把考卷藏起来了。"

这个负责任的"好姐姐"话音一落,妈妈的一记耳光就会呼啸而来。"小贱骨头!"

她被打得眼冒金星,口角流血。她常常被罚跪在饭桌旁,肚子咕噜咕噜叫着,看伊南和妈妈吃饭。

伊南这个"好姐姐"还会"不落忍"地为伊洛说情,"妈妈,伊洛知道错了,让她吃饭吧,她正长身体呢。不然,就吃一碗白米饭行吗?"

就好像她不知道,妈妈对她们的惩罚从来都没打过任何折扣似的。

"吃你的饭,不用可怜这贱东西!"妈妈对伊南呵斥。

伊南一边低头吃饭,一边从眼角瞥伊洛,伊洛看到她眼底的笑意。她就是要让她再听一下那三个字:"贱东西。"

你才贱!你才是最大最无耻的贱东西!伊洛跪着,心里对着伊南嘶吼。

伊南好像听到了她心底的嘶吼,她比平时更慢速度地一小口一小口吃着饭,让饭菜的香味充分地在饥肠辘辘的伊洛鼻尖徜徉。

"妈妈,你今天烧得茄子真好吃。"伊南真诚地赞美。

"今天的米饭蒸得也好软啊。"

虽然妈妈对此的反应不过是哼一声,但她显然还是很开心。伊南平时硬邦邦的,只有在她心情非常好的时候,才会变得多话,才会把话说得又软和又动听。而令她心情这么好的原因,就是伊洛脸上带着红指印,跪在那儿,没饭吃。

伊洛记不清自己有多少个这样的没饭吃、饿得睡不着觉的夜晚了，有多少个这样的夜晚，她对自己这位"好姐姐"就会有多深刻的了解。

当然，对她这样的深刻的了解，伊南是不屑的，她了解她有什么用？伊南只在乎那些不了解她的人对她的看法。

比如乔安南，比如禾小绿，比如冯律师……

伊洛冷笑。他们因为不了解，才对她那么喜爱和袒护。即使她承认偷了东西，在这些人的眼中，她仍是个好姐姐。毅然决然把问题从妹妹手中接过去，承担一切的好姐姐！

真是"伟大"啊！

伊洛不知道这些不了解伊南的人，会不会还有机会了解她。

不，他们不会，伊南不会给他们这个机会！她会在他们了解她之前，干净利落地走出他们的世界，她会挥一挥衣袖，不从他们的世界带走一片云彩……

这才是伊南！

第五章 好吧,我愿意都说出来

1

伊南打开房门,没有开灯,就直愣愣地走到沙发上坐下。

禾小绿今天晚上加班,要很晚才能回来。说是加班,伊南却觉得,她一定也是受到乔安南的召唤,跟郑朗一起去听他的"新想法"去了吧?

伊南靠在沙发上,睁大眼睛望着天花板。这感觉就像她三年前参加完中考的那天,整个人都虚脱了。她根本顾不上去对答案,也不想出去玩,她就想躺着,一动不动地躺着。

真累!

房间里真安静——这安静让她怦怦跳的心,慢慢平复了下来。

在妈妈去世前,她对"安静"这个词,几乎没有感受。从小到大,不管搬了几次家,不管搬去哪里,总是人来人往的,走廊里、窗户外……人说话的声音,狗叫的声音,车子鸣笛的声音,十岁的时候,她们住的地方晚上不仅有声音,还有震动,那是火车道旁的一个小平房。

有时候她都在想,妈妈是不是故意的?故意要让她们"饿其体肤,空乏其身"?简直是在挖空心思地寻找能让她们俩痛苦的居住地,人家孟母三迁,一次比一次地方好,她们也搬了三次,却是一次比一次惨不忍睹……每次搬家,妈妈还都会打她们一顿,她觉得,这种窘困都是因为她们的缘故!

"怎么会生你们这两个小讨债鬼啊!"她一边揪她们的头发,一边咬着牙骂。"不是为了你们,我怎么会把房子也卖了?头顶连片遮风挡雨的瓦片也没有!"

妈妈卖房子的事儿,伊南已经记不清楚了,她那个时候正在读小学,外婆刚去世不久,她只记得妈妈生了一场病,在医院住了一个月,回来之后,妈妈蒙在被子里哭了一大场,几天后,外婆留给她们的房子就没了。

妈妈说,医疗费花光了储蓄,而且,她几个月不能工作,一家人总得吃饭吧?"如果没有你们两个拖油瓶,只我一个人,那我自己饿死算了!饿死也比卖房子丢人现眼的好!"

那么说来,她们还算是救了妈妈的命,不然,她就因为绝食自尽而死了!伊南嘲讽地笑。

妈妈一直自怨自艾,抱怨为什么要生她们俩小讨债鬼,那她当初为什么要结婚呢?!她想到这里,牙都开始酸。

既然不爱,就不要结婚;既然结婚了,就不要生孩子;既然生孩子了,就不要离婚;既然离婚了,就不要……

老师们说,成年人的标准,是能为自己的行为负责了,可是这些成年人呢?这些当她们是孩子的成年人,有几个为自己的行为负责了?

伊南闭着眼睛,垂下手,摸到了身边的书包。她不用猜,就知道一定价格不菲。伊南冷笑了一声——成年人就是可以随心所欲地做自己想做的事。

他们可以办信用卡,看到喜欢的东西眼都不眨就买下来;可以饿自己一个月,就为了一个皮包;可以去破坏别人的家庭做小三,因为那是真爱,而不是小孩子不懂事;可以酒后驾车,因为生活压力大,而不是法律意识薄弱;可以对自己的孩子动辄打骂,因为那是教育,而不是虐待;可以对自己的亲生骨肉不闻不问,因为那是离婚协议的附带条件……他们可以杀人,放火,因为贫富差距太大,因为社会不公,因为境遇悲惨,因为童年不幸……

成年人能想出无数的理由为自己推脱,而她,连考试成绩差一分,都想不到一个理由帮助自己不挨打!

还有一百多天……伊南长吁了一口气,她也会变成成年人了。

伊南斜着眼睛看了一下那个书包——高中生背着这样的书包?郑妈妈是把伊洛当小学三年级吗?

她忽然看到书包的侧面,露出一截纸。伊南抽出那张纸,打开扫了一眼,马上跳起来跑到门口打开了灯。

这是一份声明放弃遗产继承权的文件!文件最下角签着妈妈的名字。

她真的签了?她居然签了?!

这是妈妈做过的,最过分的事——她一丝希望都不留给她们。她以监护人的身份,代替伊南和伊洛签署了放弃伊成峰遗产的声明!

伊南的手都开始颤抖。她记得刚开始马清清和周帅他们找到妈妈说这件事的时候,她和伊洛都很紧张。这是黑沉黯淡的生活终于透露出来的一丝曙光,但妈妈的想法从来跟常人不一样,她对这丝曙光,会怎么想?

伊洛曾经大胆地试探过妈妈,妈妈的反应则是表情木然地瞥她一眼:"马清清是个傻子,她根本不了解你们那个死鬼爸爸。"

伊南和伊洛都呆呆地看着她。

"伊成峰的钱,就只会是他一个人的钱,不管我们签不签什么协议,他都不会留给我们一分钱的!马清清是瞎操心!"妈妈说到这里,咯咯笑起来:"关于家产,她不该担心我们,她该担心的是她自己!她就这么带着那个叫周帅的人四处瞎跑,还自以为做得挺机密,哼!你们那个死鬼爸爸准一早盯着她呢!他可不是个白白让人糊弄的人!我看,到头来,她很可能偷鸡不成蚀把米,赔了夫人又折兵!"

"她要是让爸……让伊成峰生气,伊成峰是不是也会不要她?"伊洛又问。

妈妈轻轻哼着歌,心情极好,"那得看什么事了,是她在他还没死的时候就打他遗产的主意,还是她送了一顶绿帽子给他?"

"那,他会怎么做?"

妈妈嗤笑了一声,"他能做的多了。狐狸要吃黄鼠狼,总有你们想不到的方法。"

妈妈突然看着她们,眼睛里寒光四射。那目光让伊南马上垂下头,不寒而栗。

妈妈嗓门变得又尖又高:"你们俩听好了,你们就两个选择,要么从政,要么从商,别给我搞那些乱七八糟的玩意儿!"她眯起眼睛,"等你们俩有出息了,伊成峰也老了,到时候拿走他的公司,让他一无所有……这才是最好的报复!"

这是马清清出现以后,妈妈给她们拟定的人生路线。和之前的出人头地没有什么两样,只是路更窄了。

伊南反复地看着这份协议上妈妈的签名——韩敏。字迹正如她的人,刻板,拘谨,瘦骨嶙峋,死气沉沉。

伊南不知道妈妈是什么时候签的它,她知道的是,这肯定是她生前最后一次写自己的名字。她都没有来得及告诉她们姐妹俩！

妈妈一定觉得自己做的这件事,是又高傲又有尊严的,或者还有点欲擒故纵的小把戏。如果来得及, 她肯定会得意扬扬地告诉她和伊洛,她的"复仇"计划已经开始实施了。

但老天的看法显然跟妈妈不一样,因为它马上就惩罚了她!

妈妈出车祸,是周帅报的警——一定是在她签下字没有几分钟,周帅还没来得及离开,转眼儿她就被车撞了!

她是被一辆工程土方车给撞了,又碾上的。那场面一定很震撼! 以至于,给吓蒙的周帅,自始至终都没有把这份协议拿出来。

哦,也许不是震撼和惊吓,是内疚和惭愧?

不管是什么,这都是老天的安排,是老天给伊南的希望!

这份文件是伊洛找到的,她肯定是从周帅那儿找来的,这事儿做得真漂亮! 真到位!

那……马荣生和刘素芳知道吗?

不过,这份协议就此消失的话,他们知道不知道都没有什么关系,谁也不能证明,它在世上真实地存在过!

她一阵后怕,腿软得支撑不住身体,慢慢坐在地上。脑子里一片空白之后,乔安南的脸忽然浮现在他眼前。这个笑面虎……给了她一夜的时间。

明天,她要给他一个,他想要的答案。

今天的晚饭是在一间湘菜馆——乔安南对吃的颇有研究, 听郑朗的话,好像乔安南除了破案,唯一的爱好就是吃了。

真看不出来。

郑朗推开包厢的门, 伊南就看到了乔安南。他坐在中间的位置,正在用消毒纸巾擦拭着碗碟，一边擦，一边透着光线仔细检查——他身后站着的女服务员翻着眼皮撇着嘴。

上次和乔安南一起吃饭，伊南就注意到了，他有很严重的洁癖。

这是个好习惯。

伊南从没见过拾荒者和流浪汉有洁癖的，可见这个癖好，也是和生活水平挂钩的。就像许文文和班里的女生吵架，总会哭着说，"公主病又怎么了，你想得还得不了呢！"

没错，公主病和洁癖，都是好的习惯。

她安静地坐下。

乔安南望着她笑笑，"小绿加班，来不了了。"

伊南点点头。其实禾小绿来不来，跟她一点儿关系也没有，她不会因为她来了，就会觉得饭菜更香甜好吃，也不会因为她不来，而觉得今晚更难挨。

"来，来，你看看菜单，想吃点什么？"乔安南从听到禾小绿不来就开始意兴阑珊的郑朗手里抽出菜单，递到伊南手里。

"随便吧。"伊南没有接。她知道这是顿鸿门宴——伊洛当然也知道，所以才会想办法推掉。

乔安南又看看郑朗，郑朗摆摆手，有些无聊地开始拨弄桌子上乔安南摆放得整整齐齐、擦拭得一尘不染的餐具。

乔安南倒是好心情，指指点点，跟服务员进行了长达十分钟的对话。"这个红烧肉，嗯，不要放辣椒……这个，要清蒸，不要过火，嫩嫩的更好……这个干锅肥肠，哎，算了，你们肥肠弄不干净，还是干锅花菜吧……再来个腐乳空心菜，豆腐乳要清淡点的，不要那种重油的，空心菜要新鲜……"

伊南听得都快睡着了。服务员好不容易点好菜出去下单，脸都绿了。

房间里一下安静起来，乔安南呵呵笑了一声，"伊洛不会还在生我气吧？我还以为下午我们已经和好了呢。"

"她今天真的有事——那个项链的事，她得去给她同学的父母道歉。"伊南低着头。

"哦哦,应该的,应该的。"乔安南笑笑,"我可真是吓死了,伊洛平时脾气也是这么……暴烈吗？"

"嗯——妈妈说她是叛逆期。"

"哎,要是这样,那你妈妈和你不是很辛苦？"

伊南有点迷茫。住在那个房子里的人,有谁不辛苦呢？每天起早摸黑、风吹日晒为了生计奔波的妈妈,和小心翼翼唯恐触了妈妈霉头,除了拼命读书什么都不敢做的她们姐妹俩……

"这就是生活！"妈妈经常冷冷地说。

如果这就是生活,生活就是挨饿受苦疼痛哭泣……那人为什么要活着呢？

为了看不见的希望。

乔安南看着她："伊南,你看上去一点儿也不像十七岁,你比你年龄成熟很多,我总不自觉地把你当大人,忘了你实际上还是个未成年人。"

那句话叫穷人的孩子早当家吧？这有什么稀奇的。

菜一盘一盘地上来了,乔安南暂时转移了注意力。郑朗体贴地帮她夹着各种菜,伊南食不知味地吃着。

乔安南又笑笑,"我一直觉得你们姐妹俩的感情好像比较冷淡,还挺好奇的,没想到你还会替妹妹顶罪……真的让我刮目相看。"

伊南无言地望着乔安南,他可能巴望着她脱口而出,承认自己在替伊洛顶罪——为什么呢？他怀疑什么了？

"是伊洛帮我顶罪,偷东西的,是我。"她又重复了一遍。

乔安南笑笑,"一样的……我好像没听过伊洛喊你姐姐,郑妈妈要收养你们的时候,你还坚持要和小绿住在一起……怎么看你们姐妹俩的感情都不太好啊。"

"是不好。"伊南承认,"但她是我妹妹,我是她姐姐。"

乔安南看起来有些感动似的,望着伊南,嘴角露出个温柔的笑容。

伊南像每个对心爱妹妹护短的姐姐:"她很聪明,也很要强,成绩一向很好的。就是妈妈去世之后,她情绪变得有点不稳定,这不能怪她,她还小……

"她会好起来的。"郑朗忽然开口,"伊洛现在跟我第一次见她的时候已经有很大变化了,又懂事又乖巧,而且真的很聪明,跟我爸爸学下棋学了一天,第二天就开始赢他了。跟我打游戏也是一样,什么游戏,只要她玩过一遍,很快就能变高手。我爸爸妈妈都特别喜欢她,他们说我小时候,可没她这么聪明过!"

郑朗咧开嘴笑得灿烂:"托她的福,我妈妈转移了注意力,最近不老盯着我了。"

伊南淡淡笑着。这个大男孩表现出来的,就是那种无忧无虑家庭成长起来的典型性格吧?开朗,乐观,天真,不管是什么事情,能想到的都是最好的一面。

聪明,有的时候,并不能算是个好品质。要是她是他,她就不会对这个"聪明"的妹妹,咧嘴笑得如此没心没肺了。

"鸠占鹊巢"这四个字他没学过么?据说他们家家境殷实,他有没有看好自己现在的和将来的钱包?他乐意跟一个诡计多端的小丫头,分享自己应得的一切么?

乔安南一边听着一边点头,"对对,你们姐妹都很聪明,我去你家的时候,看到墙上都挂满了奖状……什么三好学生,作文竞赛,英语竞赛……真厉害!伊南,你们有没有比过,谁拿的奖状多呢?"

"比这个干吗啊?"郑朗不感兴趣地哼了一声。

"我们俩差不多吧。"伊南淡淡地说。资本的原始积累都是血淋淋的——她也可以说,这些奖状的背后,都是她和伊洛的血泪。

她忽然想到,等这件事结束后,她回家的第一件事,就是把那些奖状奖杯,全部扔到火里,全部烧干净!

"呵呵,那倒是,你们俩兴趣不一样,伊洛的理科好像更好一点儿,我看到她拿过化学竞赛的奖杯……还是全市的比赛呢。"

"哇,这么厉害!"郑朗发自内心地感慨。

他为什么要说这个?伊南不懂——客套话?有这个必要吗?

服务员推开房门,又开始上菜了。"吃饭吧,吃饭吧。"乔安南招呼着,拿起了筷子。

乔安南热情地招呼着伊南,有一段时间,伊南也以为,他只是单纯地想对昨天晚上发生的"意外"表示歉意。

"吃饱了!"郑朗放下筷子,心满意足地靠在椅子上,"为了感谢你这顿饭,等会儿我送伊南回家吧。"

"禾小绿还有别的事情做,没这么快回来。"乔安南扑哧一笑。

这个大男孩红了脸,装作听不懂他话的样子:"小绿还要做什么?又是你安排的?"

"这你就别管了。"乔安南卖着关子。

郑朗不乐意了:"你别老是折腾小绿好不好,她整天修车都够忙的了,还得听你的使唤!"

"反正她闲着也是闲着。"乔安南丝毫不介意。他夹起几根碧绿的空心菜,用眼光欣赏了一会儿,再放进嘴巴,细细咀嚼。

伊南放下筷子。乔安南不回答郑朗的问题,也许是在逗他,也许,是因为她在场,他不方便说。有什么事,是必须得避开她的?伊南疑虑重重。

"吃饱了?"乔安南问。

"嗯。"她想,该步入正题了吧。

乔安南像是听到了她的心声，露出个抱歉的笑容，"我得给你看样东西……"他从身后的皮包里拿出个文件夹，放在桌子上。

"这是什么？"郑朗手快，拿起文件夹开始翻看，渐渐地脸上的表情开始严肃。

伊南瞥了一眼——是她的病历。她咬咬嘴唇，果然。

"这是小绿查的。"乔安南看着伊南，"可能她也希望你说的是真的，你身上的伤是自己造成的——"

郑朗看了几页病历就气得竖起了眉毛，"这是谁干的？你们的妈妈？她虐待你们？！"

伊南沉默。妈妈已经不在了，现在追究这个问题没有任何意义。

"你们搬了很多次家，在很多医院都就诊过，留下的病历不全，小绿也是找了好久，才找到这么多。"

伊南还是没说话。

郑朗一边翻着病历，一边怒气冲冲："这也太过分了！皮下出血，骨折，脑震荡……这可是自己的孩子！伊洛也是这样？我妈要知道，非得气疯了不可！"

郑朗"啪"的把翻完的病历拍到桌子上，然后一直用沉痛的眼神看着她。

够了吧！

伊南有一种拍案而起的冲动——我不是动物园里吃错塑料袋的猴子，不是被警察叔叔解救出来的被拐卖儿童……我不用你们同情我！

"伊南……"

伊南猛地转身，愤怒地望着乔安南。

他到底想做什么？！

乔安南却耸耸肩膀，说起了其他事，"别墅的案子，你可能也听说了一些，我想跟你讲讲……"

什么？伊南以为自己听错了，他干吗要给她讲案子？

乔安南已经自顾自地说下去了，"案发时间是十一点到子夜一点，凶器经过余莉辨认，是别墅里面的一把剔骨刀，那把刀已经不见了，我们还没有找到。两个死者都是身中……"

"老乔！"郑朗不安地看了一眼伊南，又望着乔安南。

乔安南不理他，继续说，"两刀，致命伤都在胸口，刺中心脏。两个死者都没有抵抗的痕迹，法医在他们体内发现了安眠药的成分。安眠药是伊成峰的，他的睡眠质量不是很好，服药已经超过半年了。别墅里装了摄像头，前门和后门各一个，在案发前后，摄像头都没有拍到有外人进入别墅。早晨六点，你去了别墅，八分钟以后，你离开。"

伊南面无表情地听着。

"六点三十五分，余莉从别墅里出来，在门口站了几秒钟，又回到别墅。她七点报警，在报警前打过一个电话给她男朋友金华。据他们交代，余莉是想让金华来别墅偷东西，但金华觉得死人了很麻烦，就没有去……现场丢失了很多东西，经过证实，大多数是余莉拿走的，除了那个项链。保险箱有撬过的痕迹——不过没撬开，书房里的文件也有翻动的迹象。"

乔安南看着伊南，"这就是这个案子。"

房间里又像死一般的寂静。

"说这个干吗啊？"郑朗顾不得对这位前辈的尊敬态度，瞪着他。

"我想跟你说说我的想法。"乔安南笑笑，"我觉得凶手了解死者的生活习惯，知道伊成峰吃安眠药，可是马清清因为怀孕，绝不可能去吃安眠药，那么安眠药肯定就是凶手混在食物里，让她在不知情的情况下吃下去的——从这点和监视器上显示的情况来看，凶手最可能是余莉。"

"嗯，我就说她在死扛，等我们找到凶器，她不承认也不行。"郑朗说。

乔安南没理他，接着说，"我觉得凶器是被真正的凶手带走了。"

"啊？"郑朗愣住,望着乔安南。

伊南的手放在大腿上,觉得它们在颤抖,她又把手塞到两只膝盖中间,用它们紧紧地压住那双不断颤动的手。

"凶手的目标是两个人,余莉和两个死者的矛盾到了这个地步吗?我不觉得,杀死这两个人对余莉没有任何好处,她在别墅里杀人,是把自己放在第一个被怀疑的位置,而且从作案手法来看,这也不像临时起意,愤怒杀人。"

"人有的时候就是那么愚蠢可笑啊。"郑朗根本不当一回事。

"伊南……我不知道你有没有想过,其实伊成峰和马清清死了,最大的受益人,是你和伊洛。"

伊南一点儿也不吃惊他这么说。乔安南一上来就说他不当她是个未成年人,目的就在这儿,他觉得她像个真正的成年人,所以他有理由怀疑任何事——那些其他人忽略的事。她该说乔安南冷酷呢?还是狡猾?

"你说什么啊!老乔!"郑朗目瞪口呆,"你是说她们……你总不会觉得她们是凶手吧?监视器可没有拍到啊……伊南去的时候,伊成峰早就死了!"

乔安南笑,"我只是说,她们是受益人。至于监视器,我相信一定有其他办法躲开监视器——我们不知道的方法。我这两天,一直在研究这件事儿。"

郑朗龇牙咧嘴地,不知道想说什么。

乔安南接着说,"我今天又看了一遍现场拍的照片,发现在客厅厨房门和书房门之间的墙壁上挂的那张风景油画歪了,那画是橡木画框,又大又沉,得好大力气撞上去,才能撞歪了它……我问过余莉了,她说她早上起来就是这样,我觉得她没撒谎。"

郑朗不解:"那又有什么关系?她事后慌乱,自己撞歪了画框自己都没在意。"

乔安南笑了："余莉坚持说她没经过过那个地方，不可能撞到它——她都承认盗窃了，还有必要在是否撞过画框上撒谎？"

"也许很有必要，她那样说，就是想证明，除了她之外，另外有人进过别墅，她不是凶手，另外那个才是。"

乔安南点点头，夹了两片青菜放到嘴巴里："也许她说的是实话呢？"

郑朗瞪视着他。

"从二楼下来，不会经过客厅那个位置，只有从书房出来，才会经过那面墙，撞到油画……伊南，是你撞的吗？你绊了一跤，正好撞到画框？"

伊南倒吸了一口气，还是没出声。

"我想到这件事，就开始猜测，你为什么要去书房……你去书房撬保险柜？不太可能，只有几分钟的时间，你不会这么做的。去找文件？你要找什么文件呢？我觉得也不像……我能想到唯一的可能，就是你听到了声音，所以去了书房，然后……"乔安南拖长声音，"你看到了什么人，惊慌失措地转身出去，在厚地毯上绊了一跤，碰到画框，然后跑出了别墅。"

伊南盯着眼前那盘上汤娃娃菜，陷入沉默。

乔安南的话像是有催眠的力量，虽然轻柔，但是每一句她都能听清。

"从前，是你妈妈在虐待你们，伤害你们……你和伊洛不知道怎么逃脱，只能忍受——后来，知道了伊成峰的存在，可他根本不想照顾你们……老实说，伊南，我很难找到一个你不感激凶手的理由……如果不是感激，你为什么要撒谎呢？"

郑朗忽然伸出手，拍拍伊南的肩膀。

伊南马上回过神来——她不能这样了！她不想再回想了，每一次回想都是又一次的伤害，血淋淋的伤口被揭开……

"伊南，你看到什么了？告诉我们好不好？我保证不会有人再伤害你们了，你放心……"

伊南冷冷地望着郑朗。

保证？你拿什么保证？

乔安南对着郑朗使了个眼色，笑笑，"没关系，你先好好想想，明天再告诉我吧，来，吃菜，吃菜！"

吃菜？她觉得，在听了乔安南的这些问题之后，即使是吞荆棘，也比咽下去眼前这些东西容易点。

啊，他要她一个回答，她必须给的回答！

禾小绿回来很晚，她轻手轻脚地进来，看到伊南仍坐在客厅，扬了扬眉毛："怎么还不睡？"

伊南转过脸，看着她："小绿姐姐，你查了那些病历？"

她声音很平静。禾小绿在背后调查她，本来是她早已经想到的，没想到的，是她做得这么彻底，却又这么不动声色。

就是因为这个，乔安南才这么看重她吧。够快，够准，够冷静！

禾小绿的平静一如她的："我关心你。"

很多伤害，都是打着"关心"的旗号来的，像她妈妈，每次打她打得死去活来，都说是关心她，为她好。"如果你不是我的女儿，我连一手指头都懒得碰你！"她总这样说。就因为我是你的女儿，所以才活该这么倒霉？！每次听妈妈说这话，她都会在心底狂喊：为什么是你女儿的，偏偏是我呢？！

她没说话，点点头。

禾小绿走过来，看了她一会儿，沉缓地："我不能看着一个孩子伤成这样，什么也不做。"

伊南沉默，她恨她，但她却不能没有她，就像当时她妈妈对她的意义一样。

所以，伊南低下头："我知道了。"

禾小绿把手放在她的肩膀上："伊南,这些事都过去了,以后不会再有人能这么伤害你了。"

这是禾小绿第一次对她有情绪表达。

她再次点点头。

是的,没有人能够再伤害我了,伤害我的人都死了。伊南在心底冷笑。而我也一天一天变得强大,很快,我就会有力量保护自己不受任何人的伤害。

她吸口气,抬起头："小绿姐姐,你吃饭了吗？要不要我帮你热点东西？"

禾小绿一边脱外套,一边摇摇头："不用了,我从快递公司回来的路上,在小店里吃了碗馄饨。"

快递公司？她为什么会去快递公司?! 乔安南给她安排的跑腿差事,就是去快递公司吗？

伊南觉得自己脸上的血色一下子褪尽了。

但禾小绿没察觉她的异样,她一边把外套挂起来,一边打着哈欠,向洗手间走去。

伊南瞪视着禾小绿的背影。

2

放学的时候,伊南站在走廊里,远远地就看到了伊洛。

这么多天,她第一次出现在学校里,脱胎换骨一般的样子吸引了无数看热闹的人——和她不同,伊洛一向喜欢成为人群的焦点。

"是啊,大妈对我可好了……嗯,律师正在帮我们办手续呢,我以后就是她们家的小孩了！"

伊洛看到她,对着她跑过来,那个瞿凌跟在伊洛后面,也是一溜小跑。伊洛笑嘻嘻的,肩膀上背着一个很夸张的桃红色凯蒂猫图案的书包,其愚蠢和幼稚程度,跟她昨天晚上送来的那个粉红色芭比娃娃的书包,不相上下。

"伊南,郑妈妈送你的书包呢?"

"我没背。"她皱起了眉头。

"你不喜欢是不是?"伊洛笑眯眯地说。

伊南没说话,她有点不耐烦,她知道,伊洛又在打什么主意。

"你想干吗?"

"呵呵,你要是不愿意背的话,可不可以送给我?"

"好啊。"伊南想都没想。她巴不得摆脱它。

"噢耶!"瞿凌跳起来。

伊洛笑着跟她击掌:"我就说了,伊南会同意的啦。"她回过脸,继续对着伊南笑:"那明天你带来好吗?我把书包转给瞿凌,你不喜欢她喜欢。"

瞿凌不放心地向伊洛确认:"你可说的,是半价转给我哟!"

"当然了,我们俩什么关系啊!而且我说话算数,半价就半价,绝不二话。"

两个人嬉笑着,挽着手,兴高采烈地跑走了。

伊南几乎羡慕地看着她的背影,她要她把书包送给她,然后再半价卖给别人,而且对此大大方方,不藏不掖,一点儿也不担心别人会觉得她市侩狡诈——这就是伊洛,不管做什么事情,都有本事把它做得理直气壮!

她对伊洛这个本事,又鄙夷,又羡慕!

"伊南!"

伊南微微侧脸,发现是罗思明,她赶紧把头扭了过来,加快脚步往前走。

"伊南,伊南!"罗思明却不依不饶地追了上来,如果他声音再大一

共
生

点儿，整个楼道都能听到了。

伊南放慢了脚步。"什么事？"

"我想和你谈谈……"

谈什么？还谈他在情人节时候，送给她的那张"我想和你在一起"的卡片吗？

伊南面无表情地继续往前走，"我没时间。"

她不想跟他说话。每次他说话，她大腿上那些被烫伤的伤疤，都会炙热疼痛。

"我们……"罗思明欲言又止，"你有什么打算？"

终于还是说到这个问题了吗？

伊南垂下脸，"我不知道。我现在只想高考，其他都不想。"她想了想补充一句，"除了高考，什么都不想去想。"

"可是，这不冲突啊……我是说，你妈妈已经……"

伊南的脸色一变，"这和我妈妈没关系！"

"不是……之前不是因为她……"罗思明苦着脸。

有没有她都没什么不同！伊南阴沉地想，你不是白马王子，我也不是白雪公主——一个连应该什么时候回家都不敢大声跟妈妈讲的人，是绝不可能担负起另一个人的人生的。

她也从未幻想过，能有一个人来担负她的人生。她只能靠自己。

"我现在只想高考。"她又重复了一遍。

"这不冲突啊！"罗思明追着她的脚步，"我知道你妈妈去世让你很难过，你家里的事我也很遗憾，正是这个时候，我觉得你更需要我……"

"我从来没有需要过你！"伊南停下脚步，"以后也不会。"

她看到他受伤的表情，想到妈妈去世那天，他也去了医院——至少在他妈妈打电话催他回家之前。他没办法做得更好了，但是就这样吧……

他还未满十八岁，天真是他的特权。

但不是伊南的。

她在心里冷笑着，毅然决然地转身离开。

罗思明跑到她前面，从书包里翻出一摞纸，递给她，语速飞快地说，"你先看看。这是我妈从留学生办托人找的……以你的成绩，可以拿到全额的奖学金，再加上勤工俭学的钱，可以负担你的生活……还有我，如果我们能一起去……我会帮你的……伊南，你好好想想。"

他说完就转身跑了。

伊南看看手里的纸，都是一些国外大学的招生要求和奖学金的标准。

她以前从来没想过，她也能出国留学。她以为自己这辈子，都要和妈妈还有伊洛，同生共死，不离不弃。

禾小绿比预期中晚了二十分钟。伊南在禾小绿经常停车的地方，一边望着路边来往的车辆，一边看着罗思明给她的资料。

美国不错，加拿大也可以……英语国家都好，她自己喜欢英国，喜欢那个总是阴雨绵绵，人们行色匆匆仿佛戴着面具的国家。

如果遗产官司赢了——不，不用，她有自信拿到全额奖学金，她可以养活自己。那么只要等这个案子结束了，她就可以走了吗？

她不用再管伊洛，不用再管这里的一切，可以去一个陌生的地方重新开始吗？

伊南充满希冀地吁了口气，她抬起头，看到禾小绿的摩托车，赶快把资料放进书包里。

"不好意思，来晚了。"禾小绿停下车，摘下头盔，语气是一如既往的简洁。

"没关系。"伊南戴上头盔。

禾小绿受乔安南的委托，一放学就带她去警局，他今天要她的答案。

禾小绿一边发动车子，一边对她说："乔昨天晚上加了一夜的班儿，今天又忙了一天，不知道还有没有精神跟你谈话。"

伊南的心就像轰鸣的发动机，一下子乱了起来。加了一夜的班儿？！为了伊成峰的案子么？

请她吃饭的时候，从她的话里，难道找到了什么新线索，以至于案情有了突破？

乔安南看上去的确是一脸疲倦的样子，他又是打哈欠又是小心地用手帕纸揉眼睛："不好意思啊，伊南，昨天晚上加了一个通宵的班，困死了。"

他向她强调，他加班一通宵，这是为了达到一种心理震慑的作用么？暗示她，案情峰回路转了，她最好乖乖跟他们合作。

哦，是了，昨天禾小绿也回来很晚，她说……她去了快递公司……这跟乔安南的通宵加班有关系吗？

伊南把前后联系起来想一想，心脏不禁嗵嗵急跳，她几乎喘不过来气。

"那么，伊南，昨天晚上我问你的事儿，你想好了吗？"

伊南深深吸了一口气，平息了一下纷乱如麻的思绪："乔叔叔，我想好了，我愿意都说出来。"

"嗯，好。"乔安南点头，振作起精神，一脸认真地看着伊南。

伊南的声音清晰而冷静，"那天早上……我看到了一个男人。"

"什么样的男人？在哪里看到的？"

"那天早上，我进了客厅，没看到人。然后我就上了二楼，在他们的卧室里，我看到了他们的尸体。我当时是想跑的，可我转身就看到梳妆台的首饰盒大开着……我随手拿了一条项链放到口袋里……"

乔安南打断她，"如果你急用钱，为什么不拿钱包呢？钱包后来被余莉给拿走了……钱包里虽然只有几百块现金，但是那个钱包就值几千块钱呢。"

他听起来在为伊南惋惜似的。

"我没想到，我就看到首饰盒了。"

"嗯，你接着说。"

"然后我就下楼，走到门口的时候，我听到书房里面传来'啪'的一声，我就去书房门口，透过门缝，我看到一个男人……"

"是什么样的声响？"

"不知道……拉抽屉的声音还是什么东西撞倒的声音。"伊南皱着眉头，想了半天，"我实在想不起来了。"

乔安南点点头，示意她继续。

"那个男人个子小小的，很瘦。当时房间很暗，他背对着我站在书架前面……我当时以为他是小偷，就想赶快跑，谁知道他忽然转身，正好看到我……"

"你吓坏了吧？"

伊南点点头，"我当时吓住了，看到那个男人从桌子上拿起了一把刀……我才反应过来，赶快往外跑……我记得小区门口有保安室。"

"他没有追出来吗？"

"他追了……他一出门就绊了一下，撞到墙上，就是那个时候碰到那个油画框的吧。我没看见，我就一直跑，一直跑，到小区门口才回头看了一下，他没追出来。那时候保安室里也没人，所以我就赶快坐车回家了。"

"回去以后你就告诉伊洛了？"

"嗯。我说了。伊洛说，那个人如果看到我的样子，一定会杀掉我灭口的……"她耳畔马上想起伊洛咯咯笑的声音。

如果她被灭口,最高兴的就是伊洛吧?

"所以你们商量,当做什么都不知道?"

"嗯。"伊南点下头,"我后来想想,当时房间里那么黑,那个人不一定看清我的样子了,如果我装作什么事都没发生的样子,他应该不会杀我灭口。"

"所以,你从来就没想过报警?哪怕那个人也会威胁你们的生命?"乔安南望着伊南的眼睛。

伊南抿着嘴,没有回答他。

她的确没想过报警,一次都没想过。

"伊南,我曾经问过你,你是否感激这个凶手……你还记得你怎么回答的吗?"

"我说没有必要。"伊南直视着乔安南的眼睛。

"真的没有必要吗?"乔安南皱起了眉头,他的眼神很专注,好像指望着从伊南的脸上看出点儿什么来。

伊南深吸了一口气——她实在太厌烦去做一个好学生了。

"乔叔叔,小绿姐姐调查我身上的伤,为什么会把调查的报告给你呢?"

乔安南马上笑了,"因为她觉得我应该知道。"

伊南摇头,"不是的。因为她觉得我撒谎了……你也这么想吧。不管有没有偷东西这件事,我都应该报警啊,一个十几岁的女孩子,看到尸体,居然一点儿都不害怕,还像往常一样去上学,这在你们看来是不是特别奇怪?"

乔安南歪着头,笑笑,"我的确觉得奇怪。"

"所以小绿姐姐才去调查我。"她心里说:她根本不是关心我,她是想知道真相而已!

"你是这么想的吗?"

伊南点头："我和伊洛,过什么样的生活,都不是我们能选择的。我妈妈对我们再不好,她也是我们的妈妈。乔叔叔,你问过我,是不是恨伊成峰,因为恨他,所以希望他死不瞑目。可是不管我恨不恨他,我都得拿他的钱,因为我要活下去……所以你一开始问错了问题,我不恨他,我只是不在乎他。"

乔安南怎么看她,禾小绿怎么看她,她一点儿都不在乎了。

她就是冷血,她必须冷血。

乔安南摇摇头,像是消化不了她说的话,过了好久才说,"如果我昨天晚上没有追问你,你是不是还不准备说出真相呢?"

伊南笑了,"没有啊,乔叔叔,我会说的。我以前想错了,现在,我只希望你们尽快破案,这案子已经耽误我太多时间了。"

乔安南还是在笑,可是这个笑容在伊南看来,已经不是对未成年人那种小心翼翼又充满关爱的笑容了。

"遗产官司,我想也占用了你很多时间。"

"这毕竟是对我有好处的事。"伊南平静地说,像是没听见他的嘲讽。

他像是不认识她似的,饶有兴趣地挑挑眉毛,"我总是觉得,认识一个人可能不到一分钟,可是认清一个人,十年都不够。伊南,你有点让我吃惊。"

那在你眼里,我应该是什么样的人呢?

老实,听话,乖巧,怯懦……凡是大人们认为一个好女孩应该有的特质我都应该有?

"你觉得我是个坏女孩?"她问。

"不不。"乔安南摸摸鼻子,"我从不觉得这个世界上有好人和坏人的区别……只有好事和坏事的区别。"

"嗯。"她点点头,"我做了坏事。"

"呵呵,这件,好像也不能算坏事吧。后来你有没有再见过那个男人？”

"没有。我想他可能根本不在乎让我看到吧……"

乔安南挠挠头，"我觉得也是……这些天我调查伊成峰和马清清的社会关系，发现他们俩的人缘可真不好。马清清经常和邻居吵架，伊成峰公司里几个离职的员工还有他的合作伙伴都表示过对他的不满。不过——"乔安南话锋一转，"好像还没有仇恨到要杀死他的地步……哎，照你这么说，这个人说不定是买凶杀人，凶手和死者没关系，那调查起来可就更难了。他长得什么样？你看清了吗？"

"他个子很矮，可能比我高一点儿吧？很瘦，平头……眼睛很小……他戴着手套……"

"如果再见到这个人，你会认得吗？"

"我觉得可以。"

乔安南站起来："我带你去做一个电脑成像。根据这个画像，我们好去找人。"

伊南也站起来。她希望这件事到此为止，乔安南想要一个答案，而她给了他一个答案。

这答案与其说是伊南给他的，不如说是他希望听到的。

可是乔安南的脸上并没有什么特别的表情——既不开心，也不失望。

3

冯律师的办公室位于写字楼的三十六层，落地玻璃外是灯火辉煌、车水马龙的城市夜景。

冯律师一项一项地给伊南和伊洛讲述出庭需要注意的事项，"你们是学生，那天最好穿校服出席，可以给法官更强烈的信号，你们是需要关爱和保护的未成年人。"

冯律师的辩护思路，是在未成年人身上大做文章。

伊洛"哎呀"了一声："我的校服都破得不行，扔了，新的跟学校买了，还没收到呢。"

她转向伊南："伊南，把你的借我一套吧，反正现在我们都穿一个号了。"

"嗯。"伊南心不在焉地。

她的眼前一直晃动着罗思明塞给她的那沓留学资料，是底蕴深厚的英伦好，还是旖旎浪漫的法国好？

伊洛盯了她一眼："你明天别忘了给我带到学校来啊。"

"好。"

伊南无可无不可地，她把目光投向冯律师背后的落地窗，窗外夜色迷离，一片灯海之上，是墨蓝色的天空，灰白色的云时不时地飘过闪着微弱光芒的小星。

这里真美！

等她自由了，她将到更广阔的地方，看更美、更神奇的风景！

"伊南，你觉得呢？"冯律师唤回伊南的注意力。

"哦，好的。"

伊南努力集中精力。自由虽然美妙，但得到它的前提，是好好过了眼前这一关！留学需要一大笔钱，自由自在的生活也需要一大笔钱，为了这些，她必须忍受这一切——伊洛，律师，法官，恶语相向的原告……

过了眼前这一关，那曾经沉重的压得她喘不过气来似的贫苦，就会灰飞烟灭了！剩下的，只有自由，只有畅美，只有快意人生。

冯律师又把他之前说的，再次从头到尾跟她们确认了一遍，而后，看看表，"明天下午三点开庭，你们回去准备一下吧。"他对着她们鼓励地笑："我相信，你们的表现肯定没问题，明天一定会有好结果的。"

他办公桌上的电话恰到好处地响起，他按下免提键，年轻女秘书

共生

的甜美声音传来："冯律师，下一位客户已经到了。"

"好的。"

伊南领着伊洛站起来告辞。冯律师的时间都被钟表细致地分割，他根据这种分割，精准地工作和生活。

如果她得到一大笔遗产之后，这样的生活，就是她未来的生活！她深深地吸了一口气，她觉得，自己会比那个冯律师做得更好。

世界，总有一天，会在她的脚下俯首称臣！

"刚才有一阵子你走神了?!"沿着走廊向外走去的时候，伊洛好奇地问伊南。写字楼静悄悄的，除了冯律师的律师行，别家公司都早已下班了。

"没什么。"

伊洛哼了一声，撇嘴："肯定有什么，我从出生就认识你了，你有没有在动心思，我还不知道？"

她嘻嘻一笑："是为了那个罗思明吗？"

伊南惊跳了一下，怒视伊洛："瞎说八道！"

"哎呀，那也没什么啦，反正妈妈死了，又没人管你。"伊洛不在乎地耸耸肩。

伊南揿下电梯按钮，冷冷地说："我在想案子的事儿。"

"案子？哦，对哦，那个讨厌的乔安南！"伊洛烦恼地吐出一口气，"你给他说了你看到那个男人的事儿了？"

"嗯。"

"你觉得他们会怎么办？"

"乔安南说，他们会根据画像，安排找人。"

电梯来了，伊南率先走进去。

"他怎么就发现了你的隐瞒？"

"一幅油画。他凭着客厅那个歪掉的油画,认为我当时到过书房。"

"就是一大片湖水,上面一艘傻乎乎的小船的那幅画吗?"伊洛一边问一边撤下一楼的按钮,电梯门合上。

伊南没回答,伊洛也没再问。在电梯门合上的瞬间,两个人都沉默了。

她们对乘坐电梯,都有一种渗入骨髓的恐惧,尤其是晚上。她们并没有看过什么电梯女鬼之类的恐怖片,她们的阴影,不是来自于那些无聊的影视作品,那都是虚假的,光和影的谎言。

她们的恐惧,产生于活生生、赤裸裸的现实!产生于那无数个被关禁闭的夜晚!电梯的狭小和密闭,总让她们产生错觉,好像在瞬间回到了被妈妈关禁闭的场景中,那是她们最难受,最绝望的时刻。

在电梯下降的眩晕中,伊南抬起眼睛,她看到了伊洛惨白的脸,她相信,自己的脸也是一样。她胸口闷得厉害。

不过,这不算什么。

对她们俩来说,幽闭恐惧症就像鲁迅笔下的痨病——那是有钱人才能得的病,穷人得了,就会死。

而她们的生命力,绝不会弱于那些被砸得肠破肚烂还能打个滚儿,继续逃之夭夭的蟑螂!

电梯到了一楼,两个人都是紧抿着嘴,给对方一个虚伪的笑容。

就算在这件事上, 她们俩也希望比对方做得更好——这简直就是本能。

走出写字楼,一阵清新沁凉的夜风扑面而来。伊洛深吸一口气,张开双臂,夸张地叫,"这就是自由的味道!"

伊南冷眼看她,"你害怕吗?"

伊洛痞兮兮地笑,"明天的结果出来,如果不是你预期的,该哭的人就是你了。”

“你不会哭吗？”伊南看着她，夜风中的伊洛显得特别单薄，特别茫然。

对哦，不管怎么说，她只有十五岁……

看着她，她的心头翻腾着一种类似于悲情的感觉，这是第一次，她突然意识到，眼前的伊洛还是个孩子。

“哭？这出戏还没落幕呢……我的眼泪还没到出场的时候。”她哈哈笑着，快走了两步。

“我们不会输的。”伊南坚定地说。

“这么有信心？”伊洛笑着转身。

“是，我有信心。”伊南很肯定地点头。

她必须有！

4

伊南回到禾小绿公寓，进了门，便看见客厅里摆着一只半人高的大纸箱。

不知道为什么，这个纸箱让她惊跳起来。

“我买了个新电视机，以前那个图像有点晃了。”禾小绿从洗手间走出来，对她解释。

“哦，这样啊。”她赶紧把眼光跳离那个大纸箱，走到沙发前，把背包放下来。

“明天开庭是不是？”

“是。”

“冯律师怎么说？”

“他说他很有信心。”

“嗯，那就好。”禾小绿把大纸箱拎起来：“我去丢垃圾了！”

"我去吧？"

伊南住在禾小绿家,负责丢垃圾的工作。可是,她今天却一点儿也不想动,她一点儿也不想去碰那个大纸箱。

禾小绿像是觉察到她的异样,特别地看了她一眼:"你脸色不太好,怎么啦？"

她赶紧把目光从大纸箱那儿挪开,掩饰着:"我有点头疼。"

"哦,那还是我去丢好了,你休息吧。"禾小绿拎着大纸箱走了出去。

伊南转过脸来,怔怔地看着那个新摆在电视柜上的大电视机。

它真新啊,那么大……

这样大的电视机,伊南十岁的时候,才第一次见过……

伊南十岁,伊洛八岁的时候,妈妈还是个非常年轻漂亮的妈妈。

那个时候,在妈妈身边献殷勤的人很多。伊南对这些男人记忆深刻,因为他们个个都对她和伊洛特别好,格外讨好巴结。

他们都是谁来着?哦,小张叔叔是个医生,相貌英俊,见人就笑,他每次见了她们姐妹,都会给她们买大白兔奶糖吃;林叔叔更好,他是个小超市老板,总会招呼她们过去,让她们随便挑货架上的东西,喜欢什么就拿什么;还有莫老师,他曾经是她们小学的校长,他曾经给她们一人买了一辆脚踏车……

对,还有胡大叔……想到他,伊南就一阵战栗,胃部随即绞痛……就是他,有一天,抱了一台那么大的电视机给她们,那台大电视机,也是装在那么大的纸箱里。

胡大叔是开出租车的,他是个粗人,却最大方,他在听伊洛说想去邻居家看动画片,邻居却给了她闭门羹之后,给她们买了那台大大的电视机。

那天,她和伊洛可高兴坏了,所以,胡大叔要她们叫他"爸爸"的时候,她一点儿也没有生气——她已经到了知道男人让她们叫"爸爸"是不怀好意的年龄,可伊洛不管这个,她立即大声地叫了一声"爸爸",甜甜的,脆脆的,乐得胡大叔眉开眼笑。

伊南也笑了。她想,真正的爸爸应该就是这样的吧,女儿喜欢什么,他就会买什么,买完了,他所要求的,只为听一声"爸爸",只要得到这样一声甜甜的呼唤,他便心花怒放,心满意足。

她和伊洛实在太开心了,连妈妈什么时候回来的都不知道,她们发现妈妈的时候,她已经站在房门口,正眼神冰冷地看着哈哈大笑的胡大叔和兴奋无比的她们。

那种眼神,冰冷刺骨,寒光四射。显然,她听到了伊洛的那声"爸爸"。

伊南心知不好了,但她还是不太理解,怎么?她们家有个电视机难道不好吗?好几千块的电视机呢!她和伊洛以后不用假装跑到同学家做作业,蹭人家的电视机看了啊!

"妈妈,胡大叔给我们买了电视机,大电视机。"伊洛兴高采烈地对妈妈喊。

妈妈"噔噔噔"地走进来,直接走到那台刚刚摆好的电视机前,盯着那个电视机看。

"韩敏,我给孩子买的,孩子们……"胡大叔讪讪地。

妈妈突然行动,她猛力一推,她们还来不及眨眼,那台崭新的大电视机,就这样"咣当"一声巨响,重重摔在地上!

她们被那声巨响吓得直哆嗦。电视机的后盖箱冒出一阵白烟儿,屏幕上也裂开了。

"你,你……"胡大叔的脸涨得通红。

"滚!"妈妈眼神骇人。

"有病!"胡大叔想骂出更难听的话,可看看瑟瑟发抖、哭都不敢哭的她和伊洛,又咽回去了:"神经病!"

胡大叔冲出门去。

下一刻,一个又一个的狠狠的耳光,就落在了她跟伊洛的脸上。

噼里啪啦,噼里啪啦……

全世界都充斥着掴耳光的声音。她不知道自己被打得跌坐到地上前,到底挨了多少下。

妈妈终于停下来,她打累了,需要喘两口粗气。

伊南看到伊洛嘴角流着血,脸颊高高肿起的样子,她知道,自己现在肯定也是一个模样!

妈妈阴沉着脸看了她们一会儿,又突然骂道:"不要脸的死丫头们!见了男人骨头就软了吗?没出息的东西,我要你们干吗,饿死你们算了!"

她一手揪着一个女孩儿的头发,将她们拖到储藏间——她们那个时候租的是小阁楼,那个被称为储藏间的地方,与其说是一间屋子,不如说是一个"黑洞",即便是孩子,进去腰也直不起来。

在接下来的四十八小时里,她和伊洛一直待在那个"黑洞"中。唯一的光线来自门板的缝隙。

前几个小时的时候,她们还时不时地哭泣两声,对着外面哀求两句,后面,她们就没有力气了。

她们很饿,很渴,很害怕,她们以为就会这样饿死在这里了,直到伊洛捉到一只蟑螂。

她想也没想,就把它放到了嘴巴里,生吞下去。

伊南记得她一点儿也没为此恶心,反而羡慕得流口水,她饿得五脏六腑都在绞痛。后来,老天听到了她祈祷的声音,让她也捉到了一只——在这破旧的阁楼里,这种又黑又亮、龌龊丑陋的小玩意儿无处不在。

伊洛眼睛在黑暗中闪闪发亮,渴望地看着她手里的蟑螂。

伊南赶紧把它放进嘴巴里。蟑螂在她嘴巴里抓挠着,冲撞着,她奋力地吞咽口水,要把它冲下去。

直到她吞咽第三次的时候,蟑螂才从她喉咙口掉下去,此前,它一直徘徊在那儿,用它的六根细腿紧抓她的舌根。

她干呕了几声,很怕会把好不容易吞进去的蟑螂给吐出来。要是真呕出来,那得多可惜啊!

这是第一只,接下来,她吞蟑螂的本事就提高了。她会张大嘴,把蟑螂用力地直接丢到喉咙口,它们还没反应过来是怎么回事的时候,就已经掉下去了。

她记得在那四十八小时里,她吞了七只蟑螂。为了争夺第七只蟑螂,她跟伊洛还打了起来,当然,力气更大的她胜利了,伊洛为此大哭了一场,并狠狠地咬了她胳膊两口。

回忆起来,连她自己都不能相信,她曾经像渴望珍馐美味一样,无限渴求过蟑螂。

直到现在,她一到光线昏暗的地方,嘴里总会泛起蟑螂的滋味。

那是一种将会如影随形,陪伴她一生的滋味。

第六章　一切都很美,就像一场梦……

伊洛从没有去过法院。

她坐在郑妈妈的车里,望着法院高高的大门。不管是那高高的台阶还是大门上面的国徽,或者只是不断进出行色匆匆的人,都让她感受到了前所未有的压力。

她这么多天做的一切,都是为了这一天!

这个从天而降的马荣生和刘素芳,如果赢了官司,她们俩将会身无分文么? 也许不会,她们会给她和伊南一些象征性的生活费——就像马清清做的那样。

可是她已经不是以前的伊洛了,要不然全部拥有,要不然一无所有。她把自己的人生,全都赌在了这次判决上。

法官真的知道,他下达的判决会影响别人的一生吗?

也许会知道的,在他判决伊洛她们输了这个官司之后,伊洛想,她该用什么样的方法,死在法官面前呢?

当然,在那之前,她或许还要说一些,伊南不希望她说的事……

伊洛深吸了一口气,闭起眼睛。共生,妈妈说的,一起活,一起死……她可能曾经有过那么一秒钟,心里是希望两个女儿相亲相爱的,但她用了一辈子,教她们怎么和对方作对。

她已经没有办法和伊南共生了,或许,她们可以共死。

伊洛微笑着。

"别害怕,没事的……这是民事案子,不算什么事……"郑妈妈快速地给早餐奶上插上吸管,递给伊洛,"先喝点东西。这个冯律师啊,真是的,让你们穿成这样! 穿得漂漂亮亮不好吗? "

从昨天晚上,她就开始念叨这件事。

伊洛的旧校服洗得掉色,她知道伊南的校服比她的还惨,拉链已经坏了,她就用针线从里面缝好,开衫变成了套头衫……

"没事的。"她对郑妈妈露出笑容,"这也挺好的。"

她想,如果她自杀的时候,郑妈妈也在现场,那可真是太可怕了……

伊南已经早来了,她跟冯律师站在一起,表情平静。

当然,她也只会表情平静——如果说伊洛丧失了哭的能力,那么伊南就丧失了激动的能力。已经没有什么人,什么事可以让她激动了。

嗯,这样对心脏好。

伊洛笑着,心里却渐渐平静了。

冯律师看到她和郑妈妈,露出一个让人放心的微笑,他看上去精神抖擞,信心满满。

"正等你们呢,马上就开始了,对方已经进去了,我们走吧——三号法庭。"

他迈开大步,带着她们向法庭走去,郑妈妈几乎是小跑着跟他并肩走,一边走,一边问他问题,两个人小声地交换着意见。

伊洛和伊南跟在两个大人的后面。

"你的小绿姐姐呢？"今天不是一个重要日子吗？她那个保护人怎么没来？

"她很忙。"

"忙着修车？修车比你开庭还重要？"

伊南不愿意多说的样子。

伊洛琢磨着看着她。随即，她又耸耸肩，她一点儿也不在乎禾小绿的忙，是不是和伊成峰案子有关，她现在只在乎，她的这个"案子"——啊，希望这个法官的脑子，足够清醒！

法官是个中年男人，眼神犀利，面无表情。

伊洛坐下来，她左面是伊南，右面是冯律师，身后是目光殷殷的郑妈妈。冯律师之前说过了，这案子因为涉及未成年人，所以是不公开开庭，没有旁观者这点让伊洛有些遗憾——她觉得刘素芳和马荣生的嘴脸，最好曝光，这样社会的舆论是不是就更倾向于她们俩呢？

不过她也没什么好抱怨的，未成年人就是她。

开庭后，先是原告提请诉状。刘素芳坐得笔直，在疙瘩脸小张律师念诉状的时候，一直不停地点着头。

马荣升没到场，据称，是因为忧虑过度住进了医院，刘素芳一开始就掉着眼泪对法官解释马荣生的症状："急痛交加下，一病不起。"

要真的一病不起还好了呢！

伊洛看，八成是因为刘素芳认为马荣升演技不好，情商不高，怕他在法庭上出差错，给法官造成不良印象，不许他出庭。

原告方出示证人证言，说一个多月前曾经亲耳听过伊成峰说要把遗产留给马清清肚子里的孩子。

冯律师请法庭注意这个证人跟原告的关系，他们本来是远房亲戚，而证人一个多月前跟伊成峰见面的目的,是为了向伊成峰借钱,伊成峰对此的反应是毫不客气地打发他走人。这一点,伊成峰的秘书可以作证。

原告方证人叫方远山——伊洛根本没听说过这个名字。

伊洛觉得好笑。自己家的保姆都没听到,八竿子打不着的远房亲戚听到了……这么牵强附会的理由,法庭可能采信吗?

冯律师冷静地下着结论:"显然,这是证人因为跟原告达成了某种协议,才做的伪证,不应为法庭采信。"

"这只是你的主观猜测!伊成峰先生也完全可以用钱都留给了自己的孩子这个理由来推脱证人借钱的请求!"

疙瘩脸律师话音刚落,冯律师马上提出质疑,他出示了有伊成峰亲笔签名的委托书,委托冯律师为马清清肚子里的孩子做亲子鉴定。

"亲子鉴定并没来得及做,伊成峰还没有确信马清清肚子里的孩子是他的亲生子,在这种情况下,伊成峰怎么可能会对马清清许下遗产诺言?"

伊洛偷偷看了一眼刘素芳,她紧皱着眉头,半垂着眼睑,不知道在想些什么。

她会不会提到妈妈放弃继承权的事呢?

就算提到了,应该也没事吧。她相信那份文件早就被伊南处理了,她也相信周帅不会成为他们的证人。

疙瘩脸马上提出了反对,他再一次重申了上次给伊洛等人说过的话:"……我认为这就是伊成峰先生的主张。出于种种原因,他并不愿意承认这两个女孩是他的孩子,他没有尽过一天当父亲的责任。甚至在韩敏死后,他依旧没有想过照顾这两个女孩……"

他出示了两份证据。第一份,是伊成峰公司合伙人提供的,至少他从未听说过伊成峰有女儿;第二份,是伊南和伊洛的班主任提供的……

证明伊南和伊洛在母亲去世后，生活困苦，因为饥饿甚至晕倒过好几次，而伊洛经常旷课，夜不归宿。

"这个律师有毛病啊！伊洛旷课，是因为她妈妈不在了……"郑妈妈忍不住扬声说道。

法官抬头看了一眼郑妈妈，郑妈妈马上怏怏然地闭嘴了。

伊洛转头对郑妈妈笑笑，示意自己没事。

她当然没事，她觉得有事的是伊南——心高气傲的伊南，能够饿一天，不告诉任何人的伊南，在大庭广众之下被人揭开伤疤，她肯定气疯了吧？

伊洛用眼角扫了一下伊南，她低着头，头都快埋到膝盖上了。

真可怜。

疙瘩脸还在说："……我们不可以猜测伊成峰先生这么做的理由，但是至少，他主观意愿上，是不承认这两个孩子的，他不愿意抚养她们。也就是说，他不会把遗产留给这两个女孩。"他说完，清了清喉咙，"当然，出于同情，我的当事人愿意拿出遗产的一部分给被告方，作为她们成年之前的生活费……"

配合他的说辞，刘素芳转头望向伊洛等人，露出个心有不忍的笑容。

伊洛忍住翻白眼的冲动，她并没有说话，也低下了头。

冯律师马上反驳起来，"谁能保证伊成峰先生在去世前，没有良心发现，想要留下遗产给我的当事人呢？"

"那同样不能证明，伊成峰先生没有想过把遗产留给我的当事人！"

说了这么多，等于白说吗？伊洛有些着急了。

冯律师却像是就等着这句话，马上说道："既然都不能证明，那么就按照继承法来判定吧。继承法规定，胎儿是没有继承权的——当然，出于人道主义，我的当事人也可以拿出一笔钱给原告方，作为他们养老的费用……"

冯律师漂亮地回击。

低着头的伊洛，露出个笑容，紧接着，她就听到了另一边传来的啜泣声。

"对不起，法官。我的当事人，一个星期前，刚刚失去了她唯一的女儿和她的女婿，还有那仅仅三个月，还没来得及看看这个人世间的可怜的孩子……现在她的丈夫因为丧女之痛还躺在医院里。"疙瘩脸一脸沉痛，望着不住擦眼泪的刘素芳，又看看法官，"这本来是一个幸福的家庭，如果没发生这个惨剧……她会看着自己的外孙出世，照顾他长大……而现在，属于她的天伦之乐，都不复存在了。"

本来也不该存在！

伊洛想，伊成峰才不会把自己的孩子交给这两个人来抚养。

冯律师巴不得剧情转入煽情戏阶段，他立即请法庭注意，好好看看他的两个当事人：两个瘦弱的女孩儿，她们都是重点中学的优等生，因为亲生父亲的遗弃，她们过着艰难困苦的日子，但即使是在这样的日子里，她们也不放弃希望，在努力上进，在奋发图强。

伊洛历来自觉脸皮厚，听了这话，也不由得一阵耳热，她瞥了伊南一眼，伊南低着头，眼观鼻，鼻观心，一副乖乖女忍辱负重的样子。

对哦，这才是应该让法庭看到的，两个无依无靠、历尽艰苦的女孩儿，所应该呈现出来的样子！

伊南就是伊南，永远做正确事情的伊南！

伊洛吐出一口气，也学着伊南的样子，垂下眼帘。

"她们是未成年人，她们的人生刚刚开始，将来还有很长的路要走，而在逆境中所表现出来的勇气和不屈不挠的精神，预示着她们将会创造出无限可能，她们会成为我们这个社会的可造之才，为国家贡献力量，我相信，继承自己应得的财富之后，她们会得到更多的资源支持，会有更广阔的前途，为社会贡献更大的力量。我请法庭特别注意这一点，保护未成年人的权益,未成年人才是我们未来的希望。"

说得多好啊!

如果伊洛是法官,会马上被他声情并茂的话打动,她会立即敲下法槌,宣布冯律师一方获胜。

冯律师铿锵有力地做完他陈述的结束语,目光炯炯地看着法官。

所有人都看着法官。

伊洛在心里祈祷,祈祷这个法官也长眼睛!只要长眼睛的人,都会看到眼前原被告之间的明显差异:

一边儿是两个风华正茂、历尽艰苦的花骨朵儿般的少女,另一边儿是一脸精明相、目露贪婪的皱巴巴的老太婆。

长着眼睛的人,都会知道,应该支持谁!

法官敲下了法槌,宣布庭审结束,十天后,法庭将宣布判决审判结果,下达判决书。

哦,对,法官不会这么快宣判。伊洛有些失望。

她甚至记不清冯律师是不是提前说过这一点——可她有十天的时间,等待这个宣判吗? 她有些心急地站起身,看到冯律师对她们露出一个胜利的微笑。

2

走出法庭。春寒料峭的大风中,伊洛才发现自己的衣服都湿了。

郑妈妈还在和冯律师讨论案情,她听到郑妈妈说,"十天,怎么要那么久?"

是啊,怎么那么久?

冯律师解释:"这是正常的程序,法庭也要合议,可能还要找我们谈一下话——今天有点晚了,我明天再和你们联系。"

他刚才在法庭上,说伊成峰良心发现……这是他真实的想法,觉得伊成峰做了很过分的事,还是只是为了维护他当事人,也就是伊南和伊洛的利益呢?

伊洛有些吃不准。

一方面,她觉得冯律师是个聪明人,可另一方面,她觉得像冯律师这么聪明的人,已经没有多少良心可言——伊洛不喜欢和同类打交道。

她转头看一眼伊南。

伊南还是一副漫不经心的样子,两只眼睛望着远处,要多忧郁有多忧郁——她才没时间忧郁呢!伊洛很清楚,伊南忧郁的时候,通常在想的都不是好事。

伊洛正想说什么,忽然抬头看到了乔安南。

他站在路边的车旁边,对着伊洛招手,笑容满面的样子,让人怀疑他是来祝贺她们胜诉的……

才不会那么好心呢!她有一种不好的预感。

伊南已经说了看到目击者的事……那么警察一定会再次调查案发现场的证物……

她推了一把伊南,伊南回过头来,也看到了乔安南。伊南的嘴角扯出了个弧度,冷冷地说:"他应该破案了。"

"这不是要命吗?"伊洛咬牙切齿地对着伊南,"你想让我拖十天?"

"我会帮你的。"伊南平静地回答。她还想再说,乔安南已经冲他们走过来了。

"你们俩都在,真是太好了!"乔安南开着车,从后视镜里望着她们俩。

好在哪里?伊洛想,一网打尽吗?

"我们去哪儿?"她问。

"哦,到了就知道了!"

乔安南笑得如此开心，以至于伊洛都开始迷惑了。莫非他们去的是某个专为他准备的庆功宴？

乔安南把车停在伊成峰的别墅门口。

郑妈妈下了车之后，才得知这是什么地方，她马上怒气冲冲起来："干吗啊你！说都不说就带她们来这里！这俩孩子受的罪还少啊！你们警察也有点人性好不好！"

不管郑妈妈怎么骂，乔安南都笑嘻嘻的，不急不恼，但也不让步。最后，他还是带着她们三个，走进了别墅的大门，他掏出一串钥匙，打开了房门。

"这钥匙是我们警方办案，问物业公司拿的，以后，法官判下你们的遗产官司，这钥匙就是你们的了。"乔安南对着伊南微微一笑。

伊洛觉得这笑容似乎别有深意，她绷不住，在乔安南的笑容面前，扭转了头。

"小乔，你想问什么快点问吧，我觉得这里阴森森的……"郑妈妈走进别墅之后，脸色都变了。

别墅的窗帘都拉起来，光线很暗，大约是一段时间没有住人的缘故，室内的空气沉闷，阴冷。

跟郑妈妈比，伊洛和伊南都很平静——也许是过于平静了，惹得乔安南不时地打量她们。

乔安南打开了一扇窗户的窗帘，阳光倾泻而下，室内的气氛就好多了。乔安南慢条斯理地说："案发前和案发后，这套房子的摄像头都没有发现有外人进入，而伊南那天早上却目击了嫌疑犯，你们想知道嫌疑人是怎么躲过摄像头，进到家里来的吗？"

郑妈妈不耐烦："肯定是那个保姆做了手脚，把人放进来的，要不就是从旁边窗户进来的吧，随便他们怎么样，我一点儿也不想知道。"

"我想知道。"伊南安静地说。

对,我也想知道,伊洛在心里说。我想知道,警方到底调查到哪个地步了……

乔安南笑呵呵的,好像一位为了学生旺盛的求知欲而高兴的老师:"好啊,那就跟我来吧。"

乔安南把她们带到了地下室。"一切都是从这儿开始的。"

密闭的地下室越发阴凉,大概因为密闭的缘故,这里一切都维持得干干净净,空气中嗅不到一丝半点儿灰尘的味道。

"哎呀,这里好多东西啊!这里是仓库?"郑妈妈惊叹。

在他们面前,四壁全是货架,货架上堆满了纸箱,从大到小,排列得整整齐齐。

乔安南笑:"郑朗说您也喜欢在网上买东西,有时候一天好几个包裹,怎么样,跟这家女主人比,是不是小巫见大巫了?!"

"哎哟,这都是网购的吗?"郑妈妈睁大眼睛。她走近一点儿货架,看看这些大大小小的纸箱:"哟,这么多……枕头,保暖内衣,拖鞋,台灯,洗脚木桶……这什么都有啊,哎,还有没开封的!"她摇头:"这女人可真不会过日子!瞎买些东西,买来就堆着,用也不用,瞧瞧,这里都可以开个超市了!"

"是啊。"乔安南很同意地点头:"真是浪费啊!现在的年轻人,就是这么任性的!"他转头看着伊南和伊洛:"你们觉得怎么样?"

什么怎么样?

伊洛和伊南都没说话,她们对视了一眼,然后看着乔安南,他想说什么就说什么吧,没必要卖什么关子!

"我仔细看了这里调取的监控录像,几乎每天都会有快递公司来送货上门,签收货单的都是小保姆余莉。说起来,余莉也不容易,这么大一座房子需要她打扫,每天工作量真够大的啊。"

什么跟什么,他到底想说什么?

乔安南走到地下室墙角的水管那儿,拍拍它:"那个星期六下午,水管爆裂,水流得到处都是,幸亏这些货架做得高,不然这么多东西,都给泡起来,得多麻烦啊……就算这样,余莉也忙个半死,又是报修,又得打扫,拖干水渍。啧啧,所以,那天下午,又有快递上门来送包裹的时候,她都没时间理睬,让快递员把大纸箱放在玄关,她就再也没有看过它一眼。"

他目光炯炯地看着伊南,伊南也平静地看着他。

郑妈妈一点儿也不明白他的话:"那怎么了?余莉干吗了?"

"余莉什么也没干。这是最重要的。她什么也没干,所以,箱子里的那个人,才顺利过关,到了晚上,才能从纸箱子里爬出来!"

郑妈妈目瞪口呆。

3

直到坐进车子里,郑妈妈还没有从震惊中醒过神来:"你说那嫌疑犯,是把自己装进纸箱里,由快递员送进来的吗?"

"没错。"乔安南一边开车,一边对副驾驶座上的她微笑点头。

"可是,这一个人得多重啊,快递员会不知道吗?"

"哦,纸箱是两个快递员抬进来的,他们是专门送大件物品的,一百多斤的东西,对他们不成问题。"

郑妈妈咂咂嘴巴:"可是,这人封闭在纸箱中,待那么久时间,还真是有本事啊!"

郑朗妈妈觉察到后车座上伊南和伊洛的异常沉默,转脸对着她们:"你们给吓着了吧?别说你们,我听着心里也直扑腾,真是什么人都有啊,还能想出这种办法来……"

乔安南又是微微一笑:"这倒真是个好办法!难得的是,把自己送进去的时候,还找了个好机会,正好赶上他们家水管爆裂了。"

他从后视镜中看了一眼伊洛,继续微笑:"伊洛,你周六下午的时候,正好在别墅吧?"

伊洛耸耸肩,没有回答。

郑妈妈愣了一下才反应过来,马上生气了:"哎,你什么意思?你是说我们妹妹弄坏了他家的水管?"

乔安南并不回答,对着后视镜里的伊洛笑了笑:"你们跟周帅挺熟的吧?前两天我同事对周帅公寓布控的时候,见过你去找他,你们俩聊了很久,话题很多嘛。"

她找周帅那次,他看到了他们?

可是,那又怎么样?伊洛对着后视镜里乔安南的脸,翻了翻眼睛:他们知道那么多,却一直不露声色,真够狡猾的!

乔安南没睬她的白眼,接着说:"你从周帅那儿拿了一个白色的资料袋,你把资料袋装到书包中,那天晚上,你把书包给了伊南。"

乔安南再看看伊南:"伊南,你那天在别墅,看到的人,到底是谁?"

伊南在审讯室回答问题,伊洛和郑妈妈坐在另外一间。

时间过得很慢,每一分每一秒都很慢。

而乔安南的问题,却好像怎么也问不完一样,伊洛觉得在这里会一直坐到头发花白似的。

她抬头看看郑妈妈,郑妈妈的表情很困扰。对,一开始,她的确对乔安南很生气,但来到警局后,看着身穿制服的警察们一脸严肃地走来走去,那种郑重肃穆的气氛,让她很快冷静下来:是啊,警察不会没事揪着人不放的,他们是刑警,而这是一桩两条人命的人命案!

"伊南到底看到了什么啊?她为什么不能跟警察好好说!"郑妈妈叹口气:"再说,他们问伊南,干吗让我们也等在这里呢,这跟你又没什么关系！"

"大妈，您先回去吧，我一个人在这儿等就好了。"伊洛懂事地说："您还得做晚饭呢。"

"哎呀，哎呀，这事还真得拖到晚上么？"郑朗妈妈同情地看着她："明明今天很高兴……"

伊洛笑了一下："大妈，我现在也很高兴。"

她的确很高兴，这个世上真有人在担心她。虽然这个人来得有点晚，如果她早认识郑妈妈就好了，那她就会……就会，离她远一点儿！

可是，现在，事情已经这样了，她没办法啊……

"大妈，我喜欢吃您烧的糖醋小黄鱼，今天晚上能给我烧这个吗？"

"好啊，好啊……"

伊洛看看手机上的时间："不知道菜市场这个时候还有没有新鲜的小黄鱼？大妈，您去买鱼吧，反正郑朗哥哥在这儿，我一会儿跟他一起回去！"

郑妈妈带着一眼看透心爱女儿小把戏的神情，慈爱地看着她："伊洛，大妈不累，也不烦，你真是个贴心的孩子！"

伊洛局促不堪，她不敢相信自己在妈妈的怒骂鞭打中坦然无比，却在眼前这个良善妇人的两句话中败下阵来。

"大妈，其实，我想一个人待一会儿。"

郑妈妈深深地看着她，想想，又笑了："嗯，你说得也对，郑朗在这儿，一会儿可以带你一起回去，那我还不如回去给你们烧好吃的呢！"

她站起来，给伊洛理理头发："乖孩子，那大妈回去了，你别多想啊！我知道，今天这一天真够人受的，又是法院，又是警局，老跟以前那些不愉快的事儿缠在一起，你心里肯定很难受。不过，很快就会好起来了，等这些事情过去，我们把它们都忘掉，再也不想它们了！你跟我们一起，快快乐乐地过日子。"

伊洛对着郑妈妈扬起一个笑脸，"好……"

如果是那样，她该多幸福！

郑妈妈拍拍她的脸颊，什么也没说，转身走了。

伊洛一个人坐在房间里，想哭，又想笑。

十分钟后，伊洛从这间审讯室里走出来——乔安南让她待在里面的时候，只说让她等等，又没有说不许她自由行动。她觉得自己可以在走廊上溜达溜达。

她刚走了几步，便听到了走廊拐角处传来一个年轻女子的声音："这边走。"

咦，是禾小绿？伊南说她很忙，原来不是忙着修车。

伊洛闪身又躲回到刚刚那间审讯室去，她把门留了个缝儿。

禾小绿走过来了，她身后跟着一个人，一个穿工装的人——快递公司的工装。

"哎呀，我真的什么都想不起来了。"那个人为难地说。

"没事，只是要你做个试验……你把那天的经过再说一遍就可以了。"禾小绿声音平板地说。

试验？做什么试验？

禾小绿带着那个人走进了对面的一个房间，几乎是转眼间，走廊上又是一阵脚步响，伊洛又听到了两个熟悉的声音。

"我一会儿还得加班呢……我真的不能再请假了……"是怯懦的周帅。

"很快就会好了，几分钟的事情，好了你可以继续回去上班。"是不耐烦的郑朗。

他们一前一后，走进了禾小绿刚刚进去的那个房间的隔壁。

伊洛马上明白了，他们是要周帅藏在箱子里，让快递员试试手感吗？

像是在印证她的推断，很快禾小绿带着快递员走出房间，他们去了周帅的房间——伊洛心痒难耐，谢天谢地，她发现禾小绿没有关好门。

伊洛蹑手蹑脚地走过去，左右看看并没有什么人，她透过门缝，果然看到了一个大箱子——而周帅已经不在房间里了。

伊洛倒吸了口气。现在只能希望因为年底工作量加大的快递员，不记得这个快递了。

可惜，快递员却不客气地打破了她的幻想。

"对，就是这样的箱子，我记得很清楚。是有人打到我们公司要求运送的，留了个座机号……啊？不是座机，是公用电话？哦，对，那个小区门口的小卖部里，就有个公用电话。我没看到人……就放在楼梯口，箱子上放着钱和地址……嗯，说了，打电话的人说他有急事，要先走了，说东西放在楼下了……电话里的人……我说过了啊，是个男人，声音怪怪的，可能感冒了吧。嗯，挺常见的啊，有时候人太忙，就把快递放在楼下，不过一般都是老客户——对，打电话的人提前说了，东西很重，是儿童仿真车，有一百来斤呢……所以我和我同事两个人开着货车来的。"

"你跟同事一起搬的这个箱子吗？"郑朗问。

"是啊，一个人搬不动啊。"

"那我们试试，你感觉一下。"

快递员挠挠头，和郑朗一起使劲搬起了箱子，在房间里走了几步。

"是这个箱子吗？"

快递员很为难，"我真的不记得了……反正挺沉的。"

"那你有没有觉得里面的东西，手感不太像儿童车？"

快递员一脸茫然。郑朗不屈不挠，又尝试了几次，快递员依旧没有提供什么特别的情况。

"那好吧，如果你想到什么，随时跟我们打电话。"郑朗无可奈何地说。

伊洛赶快回到审讯室,轻手轻脚地刚刚关上门,就听到郑朗的声音,"谢谢啊,再见。"

伊洛透过窗户看到快递员走远了,她长吁了一口气。

警察还是没有证据——就算知道所有的手法,没有证据,也不可能破案的。

伊洛安心坐在椅子上,微微闭起眼睛:最好的幸福都是最晚才到,电视里都这么演的。

忽然走廊里传来了尖叫声——像是被人踩住了脖子的公鸡,尖锐得让伊洛起了一身鸡皮疙瘩。

她跳起来,透过窗户,看到周帅张牙舞爪地想要摆脱郑朗的制服。"我不是,我没有,我不是凶手!"

叫得可真惨啊。伊洛望着他的脸,心情却异常平静。

在对妈妈穷追猛打的时候,他是不是也是这么喊的?

不关我的事啊,我只是帮忙……你就签了吧!签了吧!

这件事最好能让他学会一个道理:没有人可以剥夺别人的权利。

威逼利诱,哭闹装傻,都不行。

"我不是这个……"郑朗一边抓住他,一边不耐烦地解释,"你冷静一点,我们还在调查!"

"调查什么?让我藏在箱子里,是要调查什么?!"周帅一边说着一边动手推郑朗。从伊洛的角度看过去,周帅的脖子上青筋毕现。

"调查你是不是说谎了。"郑朗终于不耐烦了,把他按在墙上,从背后拿出手铐,铐住了周帅。

"我该说的都说了……"周帅兀自挣扎着,大喊大叫。

"哦?那你为什么没说,马清清曾经让韩敏签署了一份放弃遗产的文件,那文件还在你那里吧?"郑朗一边说着,一边推搡着周帅往走廊那边走。

还是暴露了吗？

伊洛撇撇嘴——这就是铁证了吧？周帅因为这份文件，导致了妈妈的死，他良心发现，不愿交出来，所以和马清清翻脸了，最后被马清清烦扰，愤而杀人……

和以前的想法有些出入，不过结果总是一样的。

周帅一下哑然。他忽然回头看了看，眼睛和望向他的伊洛碰个正着。

伊洛对他露出了个微笑。

你知道你该死吗？

对不起，你这个"朋友"，我不想要了。

3

"你是说，在别墅里看到周帅的人是你？"乔安南挑挑眉毛。

伊洛深吸一口气，点点头。她身边坐着伊南，脸色青白，纤瘦的身体微微拱着，似乎已经不负重荷。

"是我，乔叔叔……这件事和伊南一点儿关系都没有，偷东西的也是我。"伊洛紧咬着牙，沉闷地说。

"那你为什么要撒谎呢？"

"我看到周帅，他跟我说……他杀了人，杀了他们俩……他说都是为了我们，他不想再让马清清欺负我们了，他说妈妈死了，他很后悔，他每天都在做噩梦，我妈妈一直在梦里追着他……马清清还一直逼着他交出那份文件……他说，只要马清清死了，那些钱就都是我们的了，我妈妈就不会再缠着他了。他当时坐在卧室里，还拉着马清清的手，他的表情好吓人，他好像疯了……"

"所以你就跑了？"

"嗯，我吓坏了……我想去报警的。可是我又想，伊成峰也死了，那我和伊南就真的成了孤儿了，我们俩怎么活下去呢？如果周帅把妈妈签的那个文件交出去,我们俩……我不敢想。"

"所以你和周帅做了协议,让伊南指出一个不存在的男人,摆脱周帅的嫌疑,周帅拿那份文件作为交换?"

"嗯。"

乔安南笑了,"我有点糊涂了。伊洛,那一开始为什么要伊南替你顶罪呢?偷东西的事,你自己承担就可以了啊,你也知道,那东西不值钱。"

"我没想过伊南给我顶罪的……她本来都不知道这件事。"伊洛低下头,想到再一次烘托出伊南的高大形象,心里一阵腻烦。

"你从别墅出来,就直接去网吧了吗?"

"嗯,我都没有见过伊南——后来你提到了偷东西的事,我觉得如果你再问下去,肯定会查到周帅,所以我才想要大闹一场,我想我要跳楼,你就不会问这件事了……我没想到伊南会承认。"

乔安南点点头,又转向伊南。"那伊南,你为什么要承认呢?"

伊南吸吸鼻子,瓮声瓮气地说,"老师说,伊洛再不来上课,学校就要开除她了——她跟着郑妈妈,好不容易回到正轨,我不想再因为这件事,让她被学校记过,郑妈妈要是知道了,肯定会嫌弃她……"

真是姐妹情深的场面啊。

伊洛在心里冷笑了一声:这应该是所有人都想看到的场面吧?

"可是不对啊,那时候伊南你应该不知道伊洛偷东西的事啊。我记得那天,伊洛只说警察会抓走她,并没有说是什么事……你怎么知道是偷东西呢?"

伊洛长吁了口气,想象着郑妈妈知道这件事的模样。伊南说得没错,如果郑妈妈知道了,肯定会嫌弃她的。

小偷和惯偷,可不是一个概念。

"因为我之前就偷过东西,在那个别墅。"伊洛抢先承认了。

乔安南点点头,"那你后来告诉伊南这件事了?"

"嗯……周帅把文件给了我之后，我就告诉了伊南。"

乔安南转向伊南，"所以你第二天告诉我，你看到了一个陌生男人——这个谎话一旦开头，你只能继续编下去了。"

伊南低着头，并没有说话。

"你就没有想过，你这是做伪证吗？你知道刑事案件做伪证,也要被判刑的吗？"

伊南还是没说话。

伊洛翻个白眼。

坐牢?能做几天?这种罪名很重吗?她可不觉得,比起几千万的公司,这几天的牢坐得很值得。

乔安南忽然转头,吓了伊洛一跳,他是不是看见她翻白眼了?

"伊洛,你看到周帅的时候是在卧室吗？"

"嗯。"

"你们后来去了书房吗？"

"我当时看到他,吓了一跳,我要跑,他就追过来,在一楼的时候追上我,把我推进了书房……他说他不想伤害我,他也没想过要伤害我妈妈……他说他要给我钱,他拿着桌上的扳手,一直在'咣当咣当'弄那个保险柜……"伊洛露出惊恐的表情,"乔叔叔,他当时真的疯了！"

"可是桌上的扳手并没有他的指纹啊。"

"他戴着手套。"

"疯了还会戴手套?"乔安南挠挠头,"他身上都是血吗?

"嗯,很多血……血都干了。"

乔安南点点头,"哦,那你后来是怎么跑掉的?"

"我趁他在撬那个保险柜,就跑了出来……可能在那个时候撞到了画框,我根本没注意……"

有很长时间,房间都很安静。伊洛甚至能听到自己心跳的声音。

乔安南会相信吗？

"周帅吗……他能想到方法把自己装到快递箱子里去……看不出来。"乔安南摇摇头，笑着说，"看不出来。"

他忽然站起身，"别墅里因为水管漏水，所以余莉大扫除了一番，我们最后只在二楼找到了周帅还有你们俩的指纹和头发……如果凶手不是余莉，不是你们俩，那我想，就只能是周帅了。"

这是什么意思？

伊洛愕然，马上望向伊南。

伊南只是平静地望着乔安南，但她的脸色，却是一片惨白。

在伊南反对之前，伊洛招手叫了一辆出租车。

"我来付钱。你脸色白得跟小鬼儿似的，我可不想你晕倒在大街上，我得多麻烦啊！"

她拉开后车座的门，把伊南推进去。伊南一进去，就把书包从肩膀上褪下来，她对司机师傅说了学校的地址，然后深靠在座背上，闭起了眼睛。

"你怎么了？害怕了？"

"别说话，让我安静一会儿。"伊南闭着眼说。

伊洛耸耸肩，伊南的书包就靠在她的膝盖上，她随手拉开了书包的第一个夹层——那常常是伊南放她最重要东西的地方，曾几何时，每天拉开它探察是她必做的功课。

几张彩色打印的纸掉了出来，伊洛捡起来，看了一眼就明白了。

"你要出国？"

伊南蓦然睁开眼睛，看着她手里的几张纸，她第一反应就是伸手过来抢："给我！"

伊洛一只手挡着她，另一只抓着那几张纸高高扬起，不让她碰到。

伊洛扯扯嘴角，露出一个嘲讽的笑："原来你打的这个主意啊！想远走高飞?！"

"还给我！"

伊南力气很大地按住她，把那几张留学资料夺回来，一张纸被撕破了，伊南用颤抖的手抚平它。

伊洛耸耸肩："出国好啊，天高皇帝远——听说在国外弄个假身份很容易的……对了，你要报考历史系是不是？你成绩那么好，说不定哪天就成了考古学家了，到时候我是不是要在电视上才能看到你啊？"

伊南咬牙，不吭声。

伊洛看看她的脸色，咧嘴一笑："跟自由比起来，这遗产算什么呢?你是这么想的吧？咱俩正好相反，跟遗产比起来，自由算什么？"

伊洛慢慢收起笑意，"你最好停止做白日梦，我有遗产，你才能有自由……明白吗？"

伊南慢吞吞地把文件塞到书包里，"我知道了。"她轻声说。

真知道了才好。伊洛瞥了她一眼，把脸转向了另外一边。

她才不怕伊南跑了，她不会扔下她走了的，哪怕她们谁也不想再看见对方。

"我今天还看到禾小绿了，也许你不知道，调查快递公司，找了快递员的，就是她。"

"我知道。"

"哦，你知道？"

"我明天就搬家。"

"搬回到我们小出租房？"

"宾馆。"伊南头也不抬："开庭之前，我跟冯律师说了，我不想跟小绿姐姐住了，不方便，我要找地方住，他给我一张银行信用卡，他说在我们遗产官司判下来之前，让我先住到学校隔壁那家快捷酒店。"

4

三天后,冯律师带来了好消息。

"今天我托人问了一下,我们的案子差不多了,法庭正在起草判决书,法官对你们的印象很好,熟人说,判决结果不会让我们失望的。"

伊洛有一种恍若隔世的感觉。她眨巴着眼睛,看看伊南,又看看冯律师,直到郑妈妈抱住她,那样温暖的体温和兴奋的话语,让她才忽然明白过了。

"要赢了!你们官司要赢了!太好了!你们姐妹俩可真是苦尽甘来了!"郑妈妈看起来比她们还激动,擦拭着眼角的泪。

真是不可思议——她指出凶手是周帅的那天晚上,就听到郑朗把她偷东西又替周帅遮掩的事告诉了郑妈妈,可是郑妈妈居然说:"你没看到那孩子过的是什么日子!从自己爸爸家拿点东西能叫偷吗?不偷你让她怎么活!"

躲在卧室的伊洛听到这里,下巴差点掉下来。

她本以为,郑妈妈会把她赶出门。她跟郑妈妈毫无关系,她们认识也才一个多星期,可是为什么,她就能做到无条件地相信她、维护她呢?

最后伊洛得出的结论是:幸福有时候会让人变得愚蠢。如果让她过一过妈妈曾经的日子,她绝对不会心平气和地帮着伊洛说话。

伊南的脸上还是没什么表情,但是伊洛注意到她嘴角微微扯出的弧度。

"那,正式的判决书什么时候下达呢?"伊南问。

"不是明天就是后天吧。"

郑妈妈的热情空前高涨起来:"走,走,我们一起去吃饭去,去吃牛排!"

冯律师微笑:"等判决书正式下达的那天,再庆祝不迟!"

郑妈妈丝毫不让步："那天是那天，今天是今天！杀人的凶手也抓住了，遗产的案子也要判决了，这是双喜临门啊！真是多亏了您，我们都一直想感谢您，您得给我们个机会！"

她掏出手机，三下两下，就在最大的一家西餐厅定下了座位。

冯律师只好恭敬不如从命了，他提了个建议："那么，要不要我把成峰建筑的总经理也叫来，正好大家也认识认识？"

"好啊，好啊。"郑妈妈笑得满脸开花："也该见了，这俩孩子，以后就是大公司老板了啊！"

公司老板？这四个字竟然有一天会跟她们联系起来啊！

伊洛简直没法用语言来形容这种感受，她不用再和伊南为了一碗泡面大打出手，不用再睡在肮脏狭窄的小房子里，不会再有人对她破旧过时的衣服指指点点，不会再也听不懂同学们说的网络用语……

她终于可以活得像个正常人了！

不，她会比正常人还要好，她就要家财万贯了！

她达到了一般人一辈子所不能达到的财富的顶点，而她却只有十五岁！

花团锦簇的人生在等待着她！

所有美好的，美妙的人生享受正在等待着她！

陈栋三十来岁，相貌英俊，气度不凡。他衣衫整洁，皮鞋光可鉴人，浑身上下一尘不染，散发着淡淡的男式香水味道。这样的人，如果是以前在街上遇见，伊洛肯定自惭形秽到绕着走，唯恐碰脏了他一星半点儿。但就是这样的一个人，现在，对伊洛和伊南却是恭恭敬敬，当她们是公主般的伺候，一会儿给她们添水，一会儿又为她们布菜。

"请你们以后多来公司啊，"陈栋毕恭毕敬地说，"你们要多了解一下公司业务，多了解一下我们，我们的未来，还指望你们呢！"

即便是伊南,听了这话,也不觉露出笑容。

听听,一个大公司的发展,指望着她们!

她们不再是让人嫌憎,被人指着鼻子怒骂的"小丫头片子"和"贱骨头"了,而是"身负重任",能给予别人希望和未来的重要人物!原来这就是做有钱的大人物的感觉啊,伊洛高兴极了,笑了又笑。

冯律师又宣布了一个消息后,晚宴的气氛达到了顶点。

冯律师拿出一张纸,又拿起一支笔,微笑着把它们递给伊洛:"你和郑妈妈签了字后,你们就是一家人了。"

这张纸的最上行,打印着加黑加粗的字《指定监护人同意书》。

伊洛抬起头,郑妈妈正看着她,一脸慈爱和期盼。

伊洛对她甜甜一笑,她拿起笔,唰唰几下签上自己的名字,然后把这张纸推给郑妈妈。

"妈妈!"她叫得又自然又响亮。

郑妈妈的泪水忽然夺眶而出,她哽咽起来:"好孩子!"

她一边哭,一边用颤抖的手签上了自己的名字。

"好啦,大功告成!"冯律师笑着,收起那张同意书,郑重放入公文包:"作为律师,这种事是我最高兴做的。"

郑妈妈轻轻抚摩着伊洛的后颈,伊洛则挽住郑妈妈的手臂,把头靠在她的肩膀上。

伊洛把目光转向伊南,伊南正看着她,她目光中没有祝福,却也没有恶意的嘲讽,她只静静地看着她,目光深邃而冷静。

伊南在想什么?她会为了终于摆脱她而暗自高兴吗?还是因为她有了疼爱的人而嫉妒?

不,她都没有,如果一定要在她的目光中找出一丝感情的话……

那丝感情叫作——同情。

真是好笑!

伊南这样的人，总是希望安稳和长远，她永远也不知道，短暂的幸福，也是幸福——所以她一辈子都不会幸福。

伊洛想，伊南才是最值得人同情的。

"来，来，郑妈妈，您一定要喝干这杯酒，您现在可是儿女双全了，大喜事啊！"冯律师举起了酒杯。

"还有伊洛，你也要喝一杯吧？多开心的事儿啊！你不仅有了妈妈，还有了爸爸和一个新哥哥！"陈栋热心地提议。

郑妈妈立即摆手，坚决地说："不行，她才十五，不能喝酒！哎呀，你这个陈总，怎么能让这么小的女孩子喝酒！"她责怪地瞪着陈栋。

陈栋尴尬地笑起来："哎呀，是我的错，是我的错，我自罚一杯，自罚一杯！"

陈栋赔着笑，把满满一杯红酒一饮而尽。伊洛"咯咯"笑起来，她的手在桌子下面握住了郑妈妈的，而郑妈妈则更用力地回握她。她的心中涌起了一阵暖流，她有了一位真正疼爱她、永远站在她的角度上为她考虑、永远温柔而坚定地呵护她的妈妈！

书上写人特别幸福的时候，每每会写，这个人多希望时光永远停在这一刻！

她现在就有这种感觉！

希望时光永远停在这儿，有欢宴，有笑脸，有个好妈妈在身边无微不至地呵护，有个灿烂美好的未来在前方等待。

一切都美得这么不真实。

看上去像个美梦。

乔安南推开门进来，用深沉冰冷的眼神看着她的时候，伊洛的脸上浮起了一个恍惚的笑：果然是个美梦，脆弱的、易碎的美梦！

接下来很混乱，乔安南对郑妈妈和冯律师说要带走她之后，郑妈妈就一直在愤怒地又吼又叫,如果不是冯律师和陈栋拦着,她丢出的那一块五分熟的、还带着血水的牛排,就要砸到乔安南的头上去了!

伊南脸色青白地站在一边儿。她的表情,像是那次,妈妈拿点燃的香头,按在她腿上去似的。

她在恐惧吗？为她恐惧？

伊洛对她笑了笑。

那件事发生后,这是她第一次感到后悔。她见过伊南那双纤细的大腿,那上面全是坑坑洼洼的瘢痕,会疼成什么样,才会有那样的瘢痕呢？

她那次没想到有那样的后果,真没想到。

伊洛看到伊南转过脸,擦了下眼睛。

她哭了,为她吗？

又一个人进来,是一身制服的郑朗,郑朗看着怒不可遏的妈妈,表情痛苦。"妈,你别这样……"他拉住郑妈妈。

郑妈妈却把他的手用力甩掉:"你妹妹出了事,你不帮妹妹,拉我干什么?!"

"妈妈,伊洛是一起谋杀案的犯罪嫌疑人。"

犯罪嫌疑人……一个人,可以有多少个称呼？她刚刚获得"公司老板"的新称呼,才不过是十几分钟前。

"她不是,她不是!"郑妈妈哭起来。

冯律师跟乔安南交涉:"乔警官,伊洛是未成年人,您审讯她的时候,应该有监护人在场吧？"

乔安南看着哭泣的郑妈妈,一脸难过:"是啊。"

"郑妈妈刚刚签了《监护人同意书》,所以,伊洛的审讯,郑妈妈可以一起参加,而我是她们委托的律师,我也可以在场吧？"

乔安南又点点头。

郑妈妈停止了哭泣,把满含希望的目光投向冯律师,冯律师对她做个手势："走,郑妈妈,我们一起陪伊洛过去。您别担心,不管什么事,问题总会解决的。"

问题总会解决的吗?

包括杀人的罪行?

伊洛把目光转向伊南,伊南不着痕迹地微微点点头。

乔安南像是注意到姐妹俩之间的交流,他转向伊南："还有你,伊南,有些细节要向你确认,你也需要跟我们一起走一趟。"

伊南一句话都没说,她的嘴唇在颤抖,表情凄惶地望着伊洛。

嗯,演得不错!

5

不知道是不是因为冯律师、伊南、郑妈妈都陪同的原因,伊洛一行人还是被带到了上次那个会议室。

事实上,她从来没见过电视里演的那种,嫌疑人在栏杆后面,警察在另一边的那种狭小的审讯室——是啊,在那之前,她可不是什么嫌疑人。

不过现在一切都变了,乔安南的脸上没有了笑容,郑朗看她的眼神已经不再是宠溺……那种还带着些不可思议的失望和痛苦的表情,让伊洛清楚,她已经没有退路了。

伊洛深吸了一口气,坐在了伊南的旁边。她和郑妈妈之间隔着一个伊南,这样最好,她不知道等一下自己有没有勇气接受郑妈妈的眼泪。

乔安南在桌子的另一头坐下,他面前摆放了好几个塑料袋子——电视剧里,证物都是放在那里的。

"这是一根头发……和马清清的头发混在一起,上面粘着血液,可以肯定是案发时留在现场的。"乔安南推了一下其中一个塑料袋,开门见山地说,"伊洛,这是你的头发。"

伊洛听到郑妈妈倒吸了一口气，她就像个保护幼崽的母狮子，不允许自己的孩子受到任何侵犯。

如果是你们家的小狮子先咬了别人呢？伊洛不敢想——以前的妈妈，现在肯定会跳起来给她两巴掌了。

冯律师的声音恰到好处地出现："我不明白，这代表什么？"

哦，对。冯律师对于乔安南的案情分析一无所知。伊洛想，这次审讯，其实就是在给冯律师"扫盲"吧？"扫盲"两个字不知道为什么忽然那么好笑，她不得不马上低下头，掩饰自己的笑意——最后的演出，也要最完美的谢幕啊。

"代表伊洛就是凶手。"乔安南很冷静，冷静得吓人。

她最倒霉的，就是碰到了乔安南这样的警察——法医不会给每根头发都做 DNA 的检测的，这一定是乔安南的要求，他挖地三尺也要找出证据来。

因为他一直相信，凶手不是周帅，也不是余莉吗？

"这最多能证明案发时，伊洛在现场……凶器你们找到了吗？有伊洛的指纹吗？"冯律师马上反击。

"冯律师，如果我们找到凶器，凶器上又有伊洛的指纹，那么你会不会认为这指纹是凶手栽赃嫁祸的呢？"乔安南慢吞吞地回应。

"我会保留我的看法。只是现在，你们没有确凿的证据，仅靠一根头发，就要给伊洛定罪吗？"

"我认为这不是'仅'靠一根头发，而是'只'靠一根头发——是的，我们会提交检察院的。"

冯律师皱紧了眉头，"证据呢？"

乔安南望着伊洛，"我们在快递员那里找到了当时写有马清清家地址的纸条——或者可以用变声器给快递公司打电话，但是送货地址，你还是写在了纸条上，那个纸条，你大概以为快递员会随手丢弃，但是没有,那个快递员填好单据以后,把这个纸条随手揣在了口袋里——现在是冬天,他换衣服的频率并不高。伊洛,那个纸条上,有你的指纹。"

这应该是那个快递员在警局做完"试验"以后,回家找到的——人和人之间是不是永远都在对赌运气啊?乔安南的运气真好!

不过没什么。这不是最坏的结果,最坏的结果是,遗产的继承权被马荣生和刘素芳拿走了……还好,还好。

"我认为这个证据足够了,足够证明我的猜测是没有错的。"乔安南环视了一圈众人,开始讲述他"认为的"案发经过。

"星期六早上,伊洛先去了马清清家里,她在余莉去超市买东西的时候,去了厨房,弄坏了水管——我在伊洛家看到很多科技竞赛的奖状,作为一个理科相当好的人,她完全可以设置一个简单的机关,让水管在她走后才爆裂。"

"这只是猜测。"冯律师还在坚持。

"让水管爆裂唯一的理由,就是让马清清离开这个家——如果马清清还在家里,藏身的那个箱子被送来的同时就会被打开。只要马清清离开,那么余莉是不敢拆这个箱子的……再说箱子上写了,是儿童车。余莉既不可能偷走,对此也完全不感兴趣。就这样,伊洛联系好快递公司之后,藏在纸箱中,随后纸箱被送到别墅,余莉签收,接下来的发展像之前所预期的那样,纸箱一直被放在客厅,无人碰触。当天晚上,伊洛从箱子里出来。家里只有余莉一个人,她完全可以做到从二楼的婴儿房里搬运那个儿童车下来,然后再放回箱子里。顺便说一句,那儿童车其实只有三十斤——"

他的眼神直勾勾地望着伊洛。

伊洛忽然明白过来,让快递员做实验,并不是证明周帅在里面,而是证明,他运送的快递,其实并不是那个儿童车。她所说的,目击到周帅是凶手的事,乔安南根本就没相信过。

"那间别墅非常大,想要藏下一个孩子,是非常容易的事,甚至成年人,也不是不可能的。伊洛就在房间里藏了一天一夜,到第二天晚上,马清清和伊成峰睡觉前, 她在马清清临睡前服用的营养胶囊中混入了安眠药粉——这个安眠药让我相当介意, 因为如果不是死者主动服用的……当然我们也知道这不可能,马清清怀孕三个多月,她的睡眠质量一直很好,根本不会服用安眠药。她在两个月前,就开始服用孕期的各种专用饮品和补品,也就是说,她也没有机会误喝了伊成峰的安眠药。"

　　那又怎么样?伊洛想,余莉不是照样可以换了她的药吗?这可不算是什么直接证据。不过无所谓了,事到如今,她也不会再做无谓的抵抗。审时度势,是她最大的优点。

　　"总而言之,我当时就认为,安眠药是凶手下的……这就意味着,凶手提前进入了别墅,证实了我之前的推断,是通过快递公司的箱子进入的。我并不愿意怀疑伊南和伊洛……但是她们俩作为最大的受益人,我不能不去怀疑。"

　　乔安南像是在给郑妈妈解释。

　　哦,对,最大的受益人和第一个发现死者的人,都是最常见的嫌疑人——这么想,他的猜测一点儿都不差,只是,有哪个警察会对十几岁的孩子心生疑窦呢?

　　这个人的童年肯定过得不幸福,真阴暗!伊洛恶毒地想。

　　"余莉不需要提前进入别墅,也可以下安眠药……凶器不是别墅里的剔骨刀吗?凶手连安眠药都想到了,难道想不到自己带把刀?"冯律师说。

　　"凶手没有必要带刀——我上面的分析,很清楚地证明,凶手非常了解别墅的环境和两个死者的生活习惯,根本不需要多此一举带把刀进来。"

　　"那你的意思是,伊洛杀了人,然后又藏在别墅里,直到两天以后才离开别墅——带着刀一起离开别墅？"

"对，我是这个意思。"

冯律师笑，"乔警官，你不觉得有点草率吗？"

"那我们听听伊洛的解释吧——伊洛，为什么你的头发，会出现在案发现场，还是在案发时？"

所有人的目光，都集中在了伊洛身上。

这可不是她想要得到的万众瞩目。她该怎么说呢？我不知道——那么好，在警方破案之前，她作为第一嫌疑人，会被关押在看守所，而遗产案的法官也会第一时间知道这件事——作为杀死遗产所有人的继承人，是会被剥夺继承权的——这个案子会被无限期地押后，马荣生和刘素芳会不惜一切手段诬蔑和抹黑她们俩，到最后，伊南是不是能继承遗产，都是未知数了。

"是我……我杀了他们。"她几乎没有思考，说得又快又清脆。

哦，不对，这句台词应该配合绝望伤心的表情。不过马上，就有人替她完成了这出戏。

伊南捂着嘴，哭了出来。

6

"我没有想到要杀死他们。"

伊洛用抱歉的语气说，抱歉的对象当然不是那两个死者，对伊洛来说，他们死一千次都不嫌多，她抱歉的对象是含着泪，一脸震惊的郑妈妈、沉默地看着她的冯律师和一直低垂着头的郑朗。

她唯一思考的问题是，要不要把周帅拖下水——不行，她不能再画蛇添足了，念头一转，她就放过了周帅。

她没必要恨他。如果有人得为妈妈的死亡负责的话，那也是伊成峰和马清清，不会是他——而且，她并不会因为妈妈的死，去责怪任何人，事实上,对她的突然离世,她高兴还来不及!

下面的话,她说得很诚恳,与其是跟警察交代罪行,不如说是在向这几个为她难过的人承认错误。

"星期六早上,我去向马清清要钱,我告诉她,我们要交午餐费了,希望她能多给我们一点儿。她说要是我这个下午在她面前一直扮小狗,她就考虑多给我一点儿钱,她让我蹲坐在她面前,一会儿爬,一会儿转圈圈,一会儿打滚儿,一会儿又汪汪叫。她笑得眼泪都流出来了,她说大声笑,对她肚子里的孩子好……"

郑妈妈喃喃哽咽:"可怜的孩子……"

伊洛对她笑笑:其实她并不介意当小狗,当小猪,或者是别的什么,跟她妈妈劈头盖脸的毒打比,这些又算得了什么?

"可是,最后,我问她要钱,她还是只给了我100元,她说她今天没笑够,要我明天接着来。我很生气,很生气很生气,我就想教训教训她。"伊洛低下头:"我说自己去洗手间,然后,看见余莉不在,我就去地下室,弄坏了水管,我只是想出一口气。可是,后来又觉得弄坏水管根本出不了我的气,我越想越气,就想到要吓唬吓唬她。"

伊洛深吸了一口气:"其实,要吓唬吓唬她的想法早就有了,看她整天买一箱子一箱子的东西,我就想,如果我把自己打包进箱子,然后在她开箱的时候,跳出来吓她一跳,一定很有趣,所以,我就做了后面的事情。"

"把自己打包,然后快递到别墅?"乔安南动了一下眉毛,然后看看伊南:"是你自己的意思,还是你跟伊南商量的?"

伊洛摇摇头:"我才不会跟伊南商量,我要跟她商量,她不打我才怪。"她换了一个舒服点的坐姿,晃了两下脖子:"我不跟她商量任何事。"

伊南默默坐在她身边,红肿着眼睛,手里揉着一团纸巾。

她只有在极度不安和焦虑的状态下,才会有手里揉东西的习惯。她看上去比她还难受，还恐惧。

那是当然的，她的好妹妹成了杀人凶手，这件事足够低调的伊南保持很长时间的"高调"了。

"是这样吗，伊南？"乔安南问。

伊南对着自己手里的纸团，点了点头。

"所以，你星期一早上去别墅，是因为伊洛两天没回家了吗？"

伊南抽抽鼻子，"我知道她星期六去要钱了……她没回来，我就没钱交午餐费……"

乔安南又转向了伊洛，"你弄坏了水管，就离开了别墅，然后马上去找个箱子把自己打包了吗？"

"嗯，我从别墅出来以后很生气，我坐公交车，路过一个新建的小区，看到好多装修的箱子，我就想起之前想过的恶作剧——我趁中午没人，偷了个箱子，然后藏了进去……"

"嗯，然后你就被送到别墅了？"

"嗯，我被送到别墅以后，在箱子里听到余莉打电话，说地下室在修水管，马清清他们怕吵，住到宾馆去了，我就觉得好扫兴，不能吓她了。后来，我又想，来都来了，一定得做点什么回去，我就待着没动。晚上，我从箱子出来，在别墅里东游西逛。我从地下室找了一辆刚开封的童车——差不多样子的童车有四五辆——我把它搬进我那个纸箱，再把纸箱照原样封好。马清清几乎每天都买东西，我觉得她也许不会记得自己有没有再买一辆这样的童车了。"

"你星期天一天，都藏在什么地方？"

"衣帽间，马清清的衣帽间很大，她大衣有七八件，都挂在最里面的那个衣橱，我就躲在那些大衣下摆的下面。"

"你不怕马清清发现你？"

"如果发现了，我正好可以跳出来，吓她一跳。"伊洛耸耸肩。

"你一直躲在衣帽间,将近二十四个小时,就是为了吓马清清一跳?"乔安南一脸怀疑,连郑朗的脸上也带着疑惑。"二十来个小时待在衣橱里,你不饿吗?腿不酸?"

二十多个小时算什么?她跟伊南坐过比衣橱还小的地方,而且是两天两夜!

"还好了,我可以出来活动活动,反正衣帽间那么大,卧室里没人的时候,我就出来在衣帽间走走,看看马清清的衣服也蛮有意思的。别墅里到处是零食,我躲到衣帽间之前,已经吃得饱饱的了。"伊洛淡定地说:"我发现了马清清的一件白色绣花睡袍,想到一个主意,我打算等他们睡着了,穿上它扮女鬼,好好把他们吓一跳。"

"女鬼?"这两个字把郑妈妈吓了一跳。

伊洛赧然地看着她:"我妈妈几乎是被那个马清清逼死的,她应该心里有愧,我想,我扮演女鬼,一定会把她吓得要命。"

郑妈妈的目光又转为同情:"傻孩子啊,傻孩子!"

乔安南摸摸下巴:"那你是什么时候,拿到那把刀的呢?"

"哦,星期六夜里,我在别墅走来走去的时候。谁知道会不会碰到余莉,她那么坏,会不会往死里打我?我就从厨房随便拿了把刀,想可以在她打我的时候,防身用。后来,我躲到楼上卧室衣帽间,就把那把刀藏在衣橱里了。"

"你只想扮女鬼吓唬吓唬人,可为什么会给马清清放安眠药呢?"

"嗯,我听马清清说过,伊成峰一直吃安眠药睡觉,睡得跟死人一样,我想,要让马清清也吃点安眠药,她也会迷糊,会以为自己真的看到女鬼,我不容易被识破。如果万一被识破,她反应迟钝一点儿,我逃跑也更容易点……"

"哦,是这样想的啊。那后来发生了什么,你怎么又会杀人了呢?"

伊洛感伤地说:"是啊,我也不知道事情到最后怎么会这样了……他们那天晚上睡得很晚，一直在聊他们以后移民的事儿。爸爸说移民后，会给我和伊南留下一笔钱，马清清不愿意，她说家里的钱都是她肚子里孩子的，给我们钱，她肚子里孩子的利益就损失了，反正跟他一直吵，后来，我就睡着了，我也不知道自己是怎么睡着的，醒来的时候，发现他们都已经睡得很沉了，我穿起了那件白睡袍，手里拿着那把刀——我想女鬼手里有个道具，会更逼真一点儿——我走出去，站在马清清面前，我一边挥舞着那把刀，一边学女鬼那样尖着嗓门笑。马清清醒了，她，"伊洛吞吞口水，艰涩地继续说："她的心完全是石头做的，她一点儿也不害怕，她扫了我一眼，就认出是我，她骂我，还骂我妈妈，骂得很难听。我太生气了，我也不知道怎么回事，那把刀就刺到她胸口上了，她尖叫，声音那么大，我害怕，又刺了一刀，她才没动静了。这个时候，爸爸坐起来，他被马清清的尖叫声惊醒了……我，我实在太害怕了，我觉得爸爸一定会跳起来把我掐死，我……为了不让爸爸跳起来，又给了他两刀……"

郑妈妈捂住了脸，哭了起来。

她是因为我伤心，还是被我吓住了？

不管她再怎么可爱，再怎么乖巧，她都是个贴上杀人犯标签的人了！而且，杀的还是自己的父亲和后妈，这样的怪胎，没有人能再爱她，即便是菩萨心肠的郑妈妈，也不可能了！

幸福果然是短暂的。

除了郑妈妈的哭声，审讯室其他人都陷入沉默中，他们有的像是被伊洛吓住了，有的像是在若有所思。

良久，乔安南才问："所以，这一切本来都只是恶作剧，你一开始没有想过杀他们？"

这还有什么疑问吗？伊洛想，安眠药是别墅的，凶器也是别墅的，就连儿童车，也是别墅里的——蓄意杀人的后果是放弃继承权，我真的会这么傻，便宜了伊南吗？

共
生

"嗯——我也不知道事情怎么会变成这样。"

"那之后呢，杀完人之后……"

"他们死了以后，我就不知道怎么办了。我在房间里待了好久，不知道自己是要去自首还是就这么跑了——我兜里只有几十块钱，我不知道自己能跑去哪里……后来我想到了他们家书房的保险柜，我想，如果我能拿一点儿钱，也许可以跑得远一点儿，可我弄了半天，那个保险柜也弄不开……我又看到书房电脑，想到要是能关掉监视器，也许别人就不会发现我……可是我不知道怎么弄……一直到天快亮的时候，伊南来了……"

"伊南来的时候房间门是开着的。"

"是，因为他们死了以后我就想跑了，我打开门才想起来，有摄像头……我就又回去了，我忘了关门。"

乔安南看起来不太相信，没关系，真相一向都不太容易让人相信。

"所以伊南在别墅里看到的是你？"

伊洛点点头。

"她以为我在偷东西，她气疯了，跟我吵起来，她还想打我……她把我推到墙上，正好撞在油画框上，痛得要命……"伊洛看着哭得已经说不出话的伊南，舔舔嘴唇，"我跟她说爸爸死了，她跑到楼上看了一下，然后问我，是不是我杀的，我没说话。她就问我有没有看到凶手，还让我赶快走……最后她气得不行，就自己先走了。我也想走的，可是我忽然想，如果我藏在别墅里，说不定警察也找不到我，等到没人的时候，我再慢慢弄那个监视器，然后再跑掉……"

乔安南想想，摇摇头，"你当时还穿着那个睡衣？"

"衣服在书包里……我把它脱掉了。"伊洛低着头，"那个味道好吓人。"

"那把刀呢？你也一直带着呢？"

"嗯。我看电视上说,找不到凶器,就不能定罪,所以我就一直带着。"

"那后来你把凶器藏在哪里了?"

"在我书包里。以前的那个书包,现在放在我的床上。"伊洛深吸了口气,"一直在我书包里。第一次来警局的时候,我本来想自首的……"

"那你为什么不说啊?"郑妈妈着急地问。她可能认为自首的罪名会减轻很多——不过没关系,至少不会加重。

"我……我本来想说,可是又有点害怕,乔叔叔也没怀疑到我,我想或者这件事可以这么过去——我后来,又看到了郑妈妈,她做的饭那么好吃,她家的床铺那么软……我想,过几天我再去自首……我每次都想,过几天再去自首。"

在郑妈妈的号啕大哭声中,伊洛被拽进了一个温暖的怀抱。

她的眼睛很酸,可是依旧哭不出来。

她知道自己,一开始并不想做个坏小孩的。

乔安南长舒了一口气,看看郑朗,郑朗揉着眼眶走出会议室。

乔安南给郑妈妈和伊南都递上了纸巾,等伊南稍微平复一点儿,才问,"伊南,你是什么时候知道伊洛是凶手的?"

伊南抽噎着说,"我以为她偷了东西……我以为她只是偷了东西。郑妈妈那么喜欢她,她也喜欢郑妈妈,我害怕郑妈妈知道她偷东西不要她了,所以我才说,是我偷了那条项链……"

郑妈妈哭得几乎背过气去,"我怎么会……我不会的……"

"后来,后来这个谎言越说越大,乔叔叔又说客厅那幅油画歪了……我只好说我看到了别的人……"

"你从来都没想过凶手是伊洛吗?"乔安南又问,"在我说了进入别墅不被发现的方法之后,还是没想过吗?"

"她怎么会这么做呢?她为什么要杀人呢?她不会的……不会的

啊……"伊南扑在伊洛身上，像是要把她藏起来似的，"她不是凶手，她不会杀人的。"

伊南湿热的眼泪洒落在伊洛的脖子上，她能清晰地感受到伊南的体温——除了被妈妈关在黑暗的橱柜里，伊洛从来不记得自己和伊南曾经有这么亲密的身体接触。

也许她们是两只刺猬，即便是相爱，也不懂得如何靠近。

她伸出手，抱着伊南，说了这辈子第一次也是最后一次的话，"姐姐，姐姐……这是我的错，是我的错。"

郑妈妈也扑过来，抱住她们俩，"可怜的孩子，可怜的孩子……"

可怜的孩子……

7

"可怜的孩子……"

妈妈有的时候，比如说她们姐妹俩考得特别好，或者是做了什么让她特别骄傲的事情的时候，她会眼睛里含着泪水，这么说。

"可怜的孩子……你们就得是这样，自己争气，自己奋斗！那些有钱有势的人家又怎么样，吃得比我们好，穿得比我们好，可他们的孩子还不是窝囊废，还不是被我们踩在脚底下吗！"

小的时候，伊洛确实会为妈妈这些充满感情和斗志的励志言语激动万分，可慢慢地，她长大了，她了解到这个世界是有多复杂的，光凭一份考试成绩，是无论如何也不能把别人踩到脚底下的。

而且，她想，为什么人一定要把别人踩在脚底下才罢休呢？对她来说，她只要快快活活过好日子，有的吃喝，有自己的乐趣，就心满意足了，她才不想搞得自己那么辛苦，只为了把别人踩到脚底下去！

"孩子们，你们是亲姐妹俩，除了我，这世界上最亲的就是你们了。"在给她们励志之后，妈妈又会对她们进行一番亲情教育。

"你们住在一个屋檐下，一起吃饭，一起睡觉，一起上学，一起长大，你们是休戚相关，荣辱与共的，谁做了丢人的事儿，你们是一起丢人，谁做了有光彩的事儿，你们是一起脸上有光，知道吗？这就叫作一体共生！要么一起活，要么一起死！"

她听不懂了，问："为什么要一起死？"她和伊南都活得好好的，为什么要一起死呢？

"活不了了，当然就得死！"妈妈不耐烦地回答。

她还是不懂，却不敢再问了。她和伊南当然要一起活！作为小孩子，她们对这个世界仍然充满期待和向往，如果她是必须跟伊南捆在一起的，那就一起活吧！

可是，一起活，有的时候，也是一件多么困难的事情啊！

在伊洛上了小学之后，妈妈宣布了一条规定，如果考试成绩达不到她所制订的目标，差几分，就得挨几个耳光。

她要她们姐妹俩互抽耳光。

第一次考试，她懵懂无知，数学只考了八十九分，而妈妈规定的是一百分，所以，伊南要抽她十一个耳光。

而三年级的伊南考了九十八分，她只要挨两个耳光。

伊南抽伊洛的第一个耳光，妈妈很不满意，为此，她狠狠地推搡了伊南一把，并用力地扇了伊南一巴掌，差点把她打到地上去。她告诉伊南，要她打出她那样的力气来才行。

伊南的脸颊上印了五个红指印，她哭了，她才九岁，是第一次打别人耳光，她一点儿也不愿意这么做。

伊南第二个耳光抽下去，伊洛的脸上也多了五个红指印。

妈妈满意了。

脸颊紫胀的伊洛却恨得眼睛冒火。到伊洛打伊南的时候，她一扬手，就把伊南的脸抓破了，伊南捂着脸，愤怒地看着她："你赖皮！是打人，不是挠人！"

打？她刚满七周岁，个子没有伊南高，力气没有伊南那么大，而且，她只可以打她两下，多不公平啊！她才不干。

她再次用力地抓挠她的脸，并且理直气壮："我指甲长，没办法。"

伊南脸上挂了好几道渗着血丝的伤痕，她向妈妈哭诉。

妈妈对此的反应却是一笑，她还夸伊洛聪明，是个鬼灵精。"有机会就不放过，人小鬼大，这一点，你倒像你那个死鬼爸爸！"

伊南站在一边儿，一面捂着脸，一面眼睛喷火地瞪着她。

那天晚上，伊南故意把一碗热稀饭打翻在她的脚上，她被烫得乱叫。她想也没想，立即就把她手里的稀饭碗对着伊南丢过去。碗没打到伊南，掉到地上摔碎了。

妈妈对这一团混乱很生气，她踢了她们几脚之后，扯着她们的耳朵，把她们关到黑洞洞的厕所间里。

"两个死丫头！我天天给你们说，你们亲姐妹俩，是世界上最亲的人，要相亲相爱，好好珍惜缘分才行！你们俩倒好，一个个，整天恨不得你抠我的眼睛，我挖你的鼻子！小冤家，气死我了！"妈妈一边收拾残局，一边气咻咻地乱骂。

妈妈要求她们相亲相爱吗？明明是她要她们打个你死我活！她们怎么可以一边互抽耳光，一边相爱呢？这种相爱方式，对她们来说，太难了！

那天，她们被关了一个通宵，出来后，她们学会了一件事：妈妈让她们打了，她们才可以打，那是她们应得的正当的惩罚；妈妈不让她们打，她们却打了，那就是大逆不道，罪大恶极，因为，妈妈说了，她们是一对没有爸爸的可怜孩子，生命中只有彼此，所以，一定要相亲相爱，一定要彼此珍惜！

就这样，她和伊南一路相互抽打着，一路"相亲相爱"着，磕磕绊绊地,她们长大了……

她们真的是一体共生的吗？她们是一定要休戚相关、荣辱与共吗？

伊洛一直没想清楚这件事。

不过,她很清楚一点,那就是,她要是一定得跟伊南捆在一起,面对两个选择:一起生,或者一起死？

她和伊南,都会毫不犹豫地选择前者:一起活下去！

第七章　箱子里的那个人

1

伊南以前从来没试过走这段路。

从福合巷出门,步行二百米,坐 67 路公交车,路经七站,在气象局下车,换乘 351 路,九站以后,在清水道下车。

她想她以后,都不会再走这条路了。

她已经委托冯律师卖掉那栋别墅——死过人,可能价格不会太高,冯律师当时建议,她再隔一段时间,慢慢找寻不知情的买主,比如外籍人士。伊南却只要这幢别墅和跟它有关的一切事情,都尽快从她的生命中消失。房子以低于市场价七十万的价格成交了,据说,新房主因为忌讳它是个凶宅,已经决定动手重新翻建了。这两天,房子就要去办交接手续了。对此,伊南很高兴。

而这时,距离伊洛被逮捕,已经过去了两个多月。

时间过得真快啊。

这两个月像做梦一样，冯律师这边和刘素芳那边的律师各展拳脚，有很多次，伊南都以为没有希望了，可是最后，冯律师还是帮她拿到了遗产继承权。

"没有任何证据证明伊南参与了这场谋杀，也没有任何证据能证明她早就知道这件事……没错，她是做了伪证，第一次做伪证，是为了保护妹妹不被学校开除，承认了偷窃，这和凶杀案毫无关系；第二次作伪证，她是为了和周帅做交易，这个交易是案发后根据伊洛的证词而决定的，从头到尾，伊南都是毫不知情的，一直到最后，她都以为凶手是周帅！遗产继承法并没有规定受益人一定要说出杀死遗产所有人的凶手是谁，否则就是同谋，没有！更何况，她认为的凶手也不是真正的凶手。"

而那份她妈妈签署的放弃遗产的声明文件，谁都没有提起过，好像从来不存在似的——伊南后来才知道，那份文件并没有经过公证，根本不具备法律效力。

站在气象局门口，伊南有些晃神。她清楚地记得，自己第一次来的时候，和伊洛迷路了——这个城市太大了，她们生活的圈子又太小，总是在一个地方活动，会看不清远处的路。

为了谁指错路的问题，她跟伊洛吵了一架。

她这一辈子，全部的感情，分成两部分，一部分用来讨好妈妈，一部分用来憎恨伊洛。

而现在，她再也不会和伊洛吵架了。

刑事案件比她想的还要麻烦，案子还没有判决，伊洛一直住在拘留所。她是未成年人，待遇不错，因为郑朗这个"哥哥"，她能受到更多的照顾。

伊南微微喘口气，继续往前走。

她已经走了一个小时——步行走到别墅，向它做最后的告别吧。

加油!

路边的树木还干枯着,伊南宁愿相信,它们是在为春天的盛放积攒能量。

最美好的东西,要用最深痛的巨创来换取。

她一步步向前走着,目送着一棵棵高大的树木擦肩而过。

很痛吧?她心里想。

但是,这是值得的。这必须值得。

那天之后,她再没有见过禾小绿——这个小绿姐姐,已经彻底地抛弃了她,就如同她抛弃了禾小绿一样。

这在她看来,是再正常不过的事。

人与人都是这样,相遇,试探,了解,之后要么亲近,要么远离。

没什么了不起的。

她只是不懂,郑妈妈对伊洛到底是什么感情?她想起郑妈妈知道真相后的眼泪,就觉得不真实——一个杀了亲生父亲和继母,包括继母肚子里的孩子的女孩,有什么值得同情,值得爱护的?

伊南跳到路边干枯的草丛中……

以前,她从来不敢做这种事,而现在,她能做任何自己想做的事。

冯律师已经在帮她联系出国上学的事。他能联系到更好的学校,给出更好的待遇,甚至出国后,她也不用住在房租最便宜的贫民区……卖房子的钱,她都请冯律师帮忙,悉数存到一个海外账户里。那是很大的一笔钱,即使是没有公司,没有伊成峰的那些存款,光那笔卖别墅的钱,也够她一辈子衣食无忧了。

她可以学自己一直想学的历史,不过现在,她改了主意,她想学经济管理。

她要看着伊成峰的公司,在她手里,变得更好。

真好，一切都在向好的方向发展。

艰难的生活，有了雄厚金钱的支持，已经变得金灿灿起来。

伊南走得很慢，一共用了两个半小时。

路经了一个体育场，两个建筑工地，三个大型超市，两所高中，一所小学，三个牙科诊所，两个大型医院，四个美容中心……和二十七家大大小小的饭店。

途中她接过一个电话，是郑妈妈打来的。

"不要担心，冯律师也在想办法，我也在找好的律师……她是未成年人，不会判很重……先去少管所，表现好的话还会减刑……你一定要照顾好自己。"

她最后还是不明白郑妈妈的意图，只好不住地点头称是。

她还能做什么呢？她一定会照顾好自己。

走到别墅门口，伊南深吸了一口气。

这个曾经让她艳羡不已的大房子，处处显示着凋败——或者她应该留下这套房子？若干年后，这里会不会成为著名的闹鬼胜地呢？

伊南讥讽地笑。

死不瞑目吧？对，这个世界上没有多少人可以死得瞑目。

她心里平静无波，慢慢走到门口，刚要拿出钥匙，发现门开着。

伊南推开门，看到了乔安南。

房间里的家具都蒙上了白布，乔安南就站在客厅的中央，对着伊南笑。

那笑容，像是他在这里等了伊南一辈子。

"我第一次来这里，就喜欢上了院子里的这个烤肉架。"伊南和乔安南站在花园门口,乔安南摸摸鼻子,感慨地说。

伊南不置可否。她抬起头,看着远处的天边,一片乌云飘过。

"你有什么打算?要出国吗?"乔安南问。

伊南点点头。

乔安南眯着眼睛,也望着远处,"伊南,你觉得值得吗?"

"什么?"

"这一切……值得吗?你们这么做,是为了给你妈妈报仇,还是为了钱呢?"

伊南淡淡地笑,"我不懂。"

乔安南也笑,"昨天有个记者,来警察局说是想做个关于未成年人犯罪的专题,希望我们能提供一些素材。我本来想把你们的事告诉她……"

"那你说了吗?"她有些好奇。

"没有。"乔安南长吁了一口气,从口袋里拿出一张纸,"这是小绿给你的,她的堂姐在美国,如果有需要的话,你可以找她——虽然我认为这是多此一举,你一定会照顾好自己的。"

伊南笑笑,当作夸奖。

她并没有伸手接那个纸条。

乔安南耸耸肩,把纸条收好,又拿出一把车钥匙。"小绿要我还给你……她把车停在冯律师的律师楼下面了。这个礼物太贵重了,她说她不能要。"

伊南把车钥匙收回来了。没关系,她相信以她现在的能力,她还有无数的方法可以报答禾小绿的"收留之恩"。

"这几天我都在跟着你。"

"跟着我?"伊南抬了抬眉毛,却并没有太多意外。

"你找到那把刀了吗?"

伊南皱眉，"刀？刀不是在伊洛的枕头下找到了吗？"

"我是说另外一把……"乔安南笑，"伊南，你知道我没有证据，我们可以开诚布公地谈谈吗？"

伊南笑了，"乔叔叔，你是警察，我跟你说的任何话，你都可以当作证据。"

"那如果我不是警察，你会告诉我真相吗？"

"乔叔叔，我不相信如果。"

乔安南扑哧笑了，摇头叹息，"我真好奇，你以后会成为什么样的人……女强人吗？管理一家公司？不，那太小看你了……"

"也许吧。"伊南淡淡地。

"这件事，我没有告诉任何人——我没有任何证据证明我的观点。"乔安南又眯着眼睛，望着远处，"我之前说，把水管弄坏，唯一的目的是要马清清不能第一时间打开快递箱……伊洛说，那是意外……"乔安南笑，"我不这么觉得，其实你们还有第二个目的，就是把余莉的闹钟拨慢半个小时。她平时都是六点起床的……"

伊南挑挑眉毛，"是吗？"

"让余莉起晚半个小时，是方便伊洛能进入别墅……替换掉之前在里面的你。伊南，藏在纸箱中，被快递公司送到别墅的人是你，杀人的，也是你。"

听到这石破天惊的一句话，伊南脸上一点儿表情都没有。

"其实我一直觉得凶手就是你。在你和伊洛中，你是主导者，在这个案子中，你同样是。我第一次看到你，就知道你不是个普通的孩子……记得我问过你，感激这个凶手吗？这个问题，我也问过伊洛。"

"是吗，伊洛怎么回答的？"

"你还记得你的回答吗？你说，不会。伊洛说的是，天上掉馅饼虽然是好事，她也不会感激馅饼。"

伊南有些迷茫,听起来她和伊洛是一个意思。

"现在你还这么想吗?你感激伊洛吗?"

伊南吸了口气,"乔叔叔,现在问这个问题,有意义吗?"

"当然有了,因为我觉得这个案子,还没有结案。"乔安南笑眯眯的,"我问你们这个问题,你们事先不会设想过,所以都是发自肺腑的回答。伊洛说到馅饼,在她看来,这件事是偶然的……她的证词也的确说,这是个恶作剧升级的事件,但事实却不是偶然的,也不存在什么惊喜。那时候我就知道,她跟杀人不会有关系的,她把伊成峰和马清清的死,归结为一次意外惊喜,这不是一个凶手应该有的想法。"

"会不会太牵强了?"伊南淡淡一笑。

"一件事可以牵强,十件呢?如果每一件都牵强,可是却指向唯一的答案,那牵强也就不牵强了。"在伊南不耐烦之前,他接着说,"我一直在想,伊洛不是凶手,那么凶手一定是你,可是伊洛为什么要替你顶罪呢?很明显,因为伊洛还未满十六岁,她会得到轻得多的判决……但是不管如何轻,她都会丧失继承权……所以伊洛才会不惜一切代价把罪名都揽到自己身上,她要保证你完全无辜,无辜地拿到那份遗产,只有这样,你才有可能分给她。"

"她是我妹妹,我本来也不会不管她的。"伊南轻轻地说。

"我不相信。"乔安南毫不客气地直接地说,"我觉得伊洛也不会相信。"

"不相信又能怎么样?"

"不相信的话,伊洛根本就不会跟你配合演这出戏。"乔安南摇头,"我一开始不明白,如果凶手是伊洛,那她为什么不逃离现场呢?她完全可以在杀人以后关掉监视器啊——后来为了伊成峰的遗产打起了官司,我才想明白。对,不能走,走了以后,这别墅里全是她和你的指纹和身体组织,你们俩会被怀疑……怀疑的结果就是遗产案子会被无限期拖延下去。你们毕竟不能变出一个凶手来,如果警方锁定了余莉自然最好,可是一旦伊洛逃走,那就变成了外人入侵……那外人是谁呢?什么时候才能抓到呢?这些未知数,无疑是你们最不想看到的。这次谋杀,最重要的就是伊成峰的遗产,那些他和你妈妈还有你们之间的恩怨,只是跟遗产比起来微不足道的一个诱因。"

"我们现在是要谈伊洛杀人的动机吗?"伊南啼笑皆非。

"恶作剧升级也好,偷东西也好,这些看起来并不是无心的行为,其实都是你计算过的……目的有两个,第一,为伊洛减刑;第二,排除你的嫌疑。你把自己塑造成一个一心信任妹妹,保护妹妹的好姐姐的角色,不得不说,非常成功。

"我后来一直在想你的两次撒谎……真是心思缜密,两次都是恰到好处。第一次,你承认是你去了别墅,完美地解释了你在别墅两天,不可避免地留下的头发和身体组织,所以你们才有了偷项链的事先安排。第二次你撒谎,你承认看到了一个陌生男人,而这时候刚好是伊洛把周帅藏好的文件交给你的第二天。这个时机让我觉得老天都在帮你,如果没有周帅的文件,你准备怎么回答我呢?没有证据的嫁祸和有了证据的嫁祸,是完全不一样的。因为这份文件,你们把嫁祸周帅的时机推后了,是吗?"

"嫁祸?"伊南笑了,"人不可貌相,我怎么知道周帅不是真的凶手呢?"

"人不可貌相,对,就像你……谁能想到你会杀人呢?"乔安南也笑,"我猜想,为了说服伊洛帮助你,你答应给伊洛留下你犯罪的铁证。你一定准备了两把刀,一把是马清清家里的,一把是你从外面买来的……杀人以后,你把两把刀都给了伊洛,一把有你的指纹,一把有伊洛的指纹,而另一方面,你留下了伊洛的头发在现场,确保可以证明在案发时,在现场的是伊洛。"

伊南微笑着,双手交叉抱在胸前,听着乔安南的分析。

"这简直是近乎完美的方案!一方面,最大限度保证了伊洛的安全,那根头发的确不太好找,如果不是坚信周帅和余莉不是凶手,可能我也不会让法医一寸寸地排查现场的每一个细节,如果没有找到那根头发,死无对证,可能周帅就会成为替死鬼了……而头发的发现,锁定了伊洛是凶手的同时, 等于也彻底排除了你的嫌疑。你们的计划就是你杀人,伊洛顶罪,只要你和伊洛都坚持你是无辜的,那么在没证据的情况下,警察也不能把你怎么样, 你当然可以得到全部的遗产——这点你肯定早就知道。而伊洛手里有你指纹的刀,就是她最大的凭证,一旦你反悔变卦,不把遗产分给她,那她就可以用这把刀来威胁你。这也是为什么你不得不选择更复杂更麻烦的用刀杀人,而不是毒药——你们姐妹俩需要互相掣肘。"

伊南笑着,点点头,"的确是个完美的计划。"

乔安南摇着头,"不,只是近乎完美,世界上没有完美的事。虽然我想,连用刀的顺序你也事前想过,一把刀,刺向马清清,接着拔出来,刺向伊成峰,紧接着用第二把刀,刺向伊成峰,然后再刺向马清清……是这样吧?新刀刺到身体里,肯定会有不同程度的磨损,两个死者死亡时间非常接近,又都没有抵抗的痕迹,从刀口判断,没有办法证实哪个死者先死,但是两把刀都需要有死者的血迹,又都需要看起来是新刀刺入的……要保证法医只能看到一把刀,只能用这样的顺序。"

"听起来好像是这样的。"

乔安南摇摇头,"法医已经检查过了,伊洛交出来的那把刀的确是凶器,只是根据刀口的磨损程度,这把刀有点新啊……对两个成年人一共要造成四处刀伤,刀口是会磨损的……这件事你知道吗?"

伊南笑,"嗯,应该是吧,妈妈也经常说,刀用久了会钝。"

但这只是疑点,不会成为证据,她相信。

2

两个多月前。

从妈妈的葬礼回来,伊南和伊洛谁都没有说话。

伊南强打起精神应付走了热情过度的邻居,关上房门的瞬间,觉得自己浑身的力气都被抽走了。

她任由自己坐在脏兮兮的地板上。

从今以后,就剩下她和伊洛了。

她疲惫地抬起头,想要再休息几分钟就去买菜。

妈妈的车祸花光了所有的存款……那两万块钱,她只在存折上看了一眼,就被医院收走了,拿回来的时候,上面的余额是六十八块三毛钱。

"还好,还好,没欠债……幸好小韩平时会过日子,不然留给两个孩子一笔债,她们可怎么活?"邻居们都这么说。

伊南实在不知道这有什么好高兴的,六十八块钱和欠债八百万,对她都没有任何区别——她已经不知道明天怎么活下去了。

伊洛正在换衣服,她东挑西选,找了一件最新的外套穿上。站在镜子前面,嘟着嘴扮可爱。

"你要去哪儿?"伊南问。

"别墅。"伊洛对着镜子笑着,语气却冷漠至极。

"你要干吗?"伊南马上跳起来,推了伊洛一把,"不准去!我们饿死了也不会去求他!"

伊洛站稳了,冷冷地看了她一眼,"我不会死的。要饿死你自己饿死好了!"

伊南瞪视着她:"你觉得你去了,他们就会给你一口吃的吗?你觉得他们像养狗一样养着你,是件开心的事吗?"

"我现在有的选吗？去孤儿院或者去别墅,野狗和宠物狗,反正都是狗,我不觉得有什么问题。"伊洛对着镜子,整理了下衣服,从镜子里横了伊南一眼,"别指望我要来的东西会分给你。"

伊南猛然举起了手，可是伊洛挑衅似的昂起了头——她根本不怕伊南,她也不害怕任何程度的疼痛了。

这是第一次,伊南在伊洛身上看到了自己的影子。

"你可以跟我一起去啊。"伊洛建议,她的眼睛里满是嘲弄。

伊南并没有太多挣扎,就对这个建议作了决定。

她也要活下去,她也不想被饿死。

伊南真正下决心,杀了伊成峰和马清清,是在妈妈葬礼的一个月之后。

她曾经认为，人永远不应该放弃希望——可是命运不给她们这个机会。

人真的可以无情到这个地步！在这一个月的马清清对她们的折磨羞辱和伊成峰对这一切的听之任之中,伊南的心里,再也没有爸爸这个概念了。

眼前的,只不过是个脑满肠肥的男人。

妈妈死了,如果一定要说她继承了妈妈的什么,那就是对这个龌龊男人满腔的恨意！

妈妈对这种恨意无能为力,只任凭熊熊怒火惨烈地焚烧自己,但她不一样,她会计划,会筹谋,将这份怒火化为利器,以此为工具,得到自己想得到的,消灭自己理应消灭的。

"我要杀了他们。"她思考了很久,对伊洛说。

伊洛正在把玩着马清清逗弄她之后,心情大好下送给她的手机。她躺在上铺,心不在焉地说,"你能杀谁？"

"伊成峰，还有马清清。"她清晰地说。

"你省省吧。就你这小身板，马清清一只手就能撂倒你。"伊洛根本不当一回事。

"你今天看到马清清收的那个快递了吗？"伊南皱着眉头。

"嗯，看到了，玩具车嘛……"

"那个箱子很大，我可以藏在里面。"

伊洛嗤笑，"藏在里面吓她一跳啊？"

"只要在她不在家的时候，我藏在里面混进别墅，就可以不被监视器看到……三楼阁楼的顶棚，那儿有块石膏板很容易卸下来，我以前试过，钻进去，顶棚能撑住我的体重——里面足够我容身了。"

"你上次去别墅就想好了这个事吗？"伊洛上下打量她，像是在看一个怪物。"在别墅里杀了他们……别傻了，杀人哪有那么容易。"

"你上次不是说，伊成峰亏心事做太多了，不吃安眠药睡不着吗？吃了安眠药，他一定睡得很沉，只要他睡得够沉，我就能应付。等马清清也睡着了，我再出来，先杀了马清清，再杀了伊成峰。"

伊洛终于发现，伊南并不是开玩笑，她放下手机，从上铺探头下来，"你认真的？"

"伊成峰恨妈妈，恨我们，这事实一辈子都不会变，他马上就有新的孩子了，而且，你也知道，他们打算移民，他不会给我们留下一分钱。"

"你以前可不在乎这个，你不是说，靠你自己努力，你一定可以出人头地吗？"

伊南沉默了好一会儿，才缓缓地说："杀了伊成峰，再杀了马清清……我们就是遗产的唯一继承人了。"

"哇，那么好，那你快去吧！我等着你胜利的好消息！"伊洛又躺回床上，"先说好，被警察抓了，我可不会去监狱看你的。"

伊南冷笑了一声，"被警察抓了，我就说这计划是你想出来的……我们俩设计杀了伊成峰,作为继承人的资格就没有了,你也一分钱都拿不到。"

"无所谓啊,本来我也一分钱都没有。"伊洛一开始根本没有把这件事放在心上。

两天以后,伊洛再次从别墅回来,她回到家第一句话就是,"你说的那个计划,能保证不被警察抓住吗?"

她的脸上有五个红手印。

"她打你了?"

伊洛可以被妈妈打得死去活来而一声不吭,而被那个女人打,又是另外一回事了。

伊南笑了。

"笑什么?"伊洛瞪她:"问你呢,你那个计划,能保证不被警察抓到吗?"

"不能。"

在伊洛翻白眼之前,她淡淡地说,"但我能保证,我们都能继承遗产。"

"不懂。"伊洛一摊手。

"你只要按照我说的去做就行了。"

"那我要怎么做?"

"如果警察发现了,我要你去顶罪!"

伊洛眼珠子都瞪出来,跳脚道,"你疯了?我给你顶罪,我有什么好处?"

"好处就是,你只有十五岁,就算是刑事案,也不会被判死刑——你会在少管所劳教三年之后转到监狱,我会找最好的律师,帮你减轻量刑,你会表现良好,得到减刑……我保证你二十五岁以前能出来。"

"哈？十年！我最好的十年在监狱里过？亏你想得出来！"

"最好的时光？这就是你最好的时光？"伊南望着家徒四壁的房间,乱糟糟的摆设和脏兮兮的地板。

如果不是她已经过了十六岁,她不介意自己亲自出马——只要能离开这里,离开这个噩梦,她愿意用十年,甚至更多的时间来换取。

她不相信伊洛没这么想过。

伊洛沉默了一下,看看镜子中自己肿胀的脸颊,她咬了咬牙,"行,就算你说得对,我怎么能相信,我坐牢的时候你不会带着钱跑了？我可是没有继承权的！"

"我会分给你的！"

"哈？"伊洛像是听到了个不好笑的笑话。

于是,伊南坐下来,掰开揉碎了,一点一点地说给伊洛听。

伊南说了一个多小时,伊洛还有点迷迷糊糊。

"你的意思是,我在那天一定得想办法让马清清离开家？"

伊南耐心地说:"对。因为只有她不在家,那个纸箱才不会被打开,我才能在半夜的时候从纸箱里出来,在他们家阁楼藏好了。"

"然后呢？我得在星期一去他们家？"

"对,而且必须得穿校服,扎跟我一样的马尾辫！还不能让摄像镜头拍到你的脸！你来替换我。摄像镜头拍下来的,就是那天早上,一个穿校服的女生来过他们家,几分钟后又跑开了,她的出现不在作案时间内,警察不会怀疑这个女孩。"

"然后我怎么出去？"

"不出去,就藏在别墅里,一直藏到那些警察离开现场,你关上电闸,摄像镜头就拍不到你了,然后你就出来,只要小心点儿,别让人注意你就是了。"

"那你呢？"

"我继续上学，当什么都没发生。"

伊洛的眼睛里露出了佩服的眼神："你窝了一天二夜，杀了两个人，这都能回去上学？"

"我能。"

伊洛眨巴着眼睛，想了一会儿："你刚才说，我们这么做，最好的可能性是什么？"

"最好的可能，是警察相信我们的话，我们去别墅只是目击者，最大的错误是偷了一件不值钱的项链。这个案子最后不了了之，我们俩什么事也没有，一起继承伊成峰的家产。"

"可是，警察有那么笨吗？我两天不上学，警察会怎么想？还有，我们俩在别墅都待了那么久，我不信警察会什么痕迹都发现不了……"

伊南深深吸了一口气："所以说，我们要作好三个准备：一个最好的，一个第二好的，一个最坏的。"

"最坏的，是我们俩都被警察抓包，鸡飞蛋打，白忙活一场？"

伊南点点头："我们必须冒险。"

"你第二好的，就是你说的这个，我坐牢，你继承遗产？"

"不错。"

"你说到一条项链，两把刀……"

伊南笑了一下，缓缓地说："对，一条项链，给警察准备的，让我们可以争取那个最好的可能；两把刀，是为你准备的，你不信任我，但你可以信任它们。"

一个月后。

周六下午。

无人处的楼梯转角，伊南坐在一只大纸箱中，身上穿着自己的旧校服,没穿鞋,屁股下面是她的书包,里面有她需要的东西。伊洛从上往下看着她:"准备好了?"

伊南点点头。

伊洛递给她一把尖刀,伊南接过,她的手上早已经戴好了一双像外科医生那样的、薄薄的手套。伊洛看着伊南,伊南静静地回望她。

接着扔进来一堆纸团和泡沫塑料,把伊南挤在中间,好像她是个易碎的瓷器。

这是为了不让搬运的快递工人发现什么异常。

伊洛深吸一口气,她把纸箱盖上。伊南与世隔绝,她定定地看着一团昏暗中的那把尖刀,剔骨尖刀。

纸箱外面,传来了伊洛"嗤嗤"的撕胶带的声音,箱子很快被封得严严实实。

"祝好运。"纸箱外传来了伊洛的声音,她拍了拍箱子。接着,是她离开的轻快的脚步声。

伊南把刀放入怀中,弓已经拉满了。

开弓没有回头箭!

周六夜晚。

伊南坐在纸箱中,侧耳倾听,一切都静谧无声。她从怀中拿出那把刀,举起,轻而快地割开胶带,她推开纸箱盖子,翻身出来。

伊南灵巧得像一只夜猫,她脚上只套了一双棉质薄袜,走起路来悄无声息。

伊南做的第一件事是,跑到地下室,拎回一辆小童车,她小心翼翼地把童车放进刚刚藏身的大纸箱里。

接下来,她闪身进了厨房,把刀架上那把一模一样的剔骨尖刀抽出来。

握着两把刀,她上了楼梯。

周日白天。

伊南双手抱膝,坐在阁楼一个旧储物柜的后面,侧耳,一脸专注地听着楼下传来的种种动静。

马清清和伊成峰中午时分从宾馆回家,他们一回来,家里便充斥着各种声响。伊成峰打电话的声音,马清清放胎教音乐的声音,她走来走去,大声地吩咐余莉的声音,还有余莉跑来跑去的脚步声……

在冰冷的阁楼待了一天一夜,伊南发现自己感冒了,她喉咙又干又痛,一直在拼命地压抑着咳嗽。

下午的时候,马清清午睡的时候,她偷偷去了卧室。

用之前拿安眠药重新装好的胶囊,替换掉了马清清睡前要吃的保养药。

周日夜晚。

二楼主卧室传来很响的电视机声音和马清清有一搭没一搭地跟伊成峰说话的声音。伊南静坐不动,双眼在黑暗中晶亮闪烁。

周日深夜。

主卧室的灯熄灭了,伊南站起来,手里握着两把刀,深提一口气,她下了楼。

卧室里黑魆魆的,伊成峰粗重的呼吸和马清清轻柔的呼吸声此起彼伏。

戴着浴帽和手套,身穿马清清白色睡衣的伊南站在他们床边。她一点儿也不觉得自己这一身装扮可笑。

在月光下打量着他们,她觉得此时此刻,自己已然变身为韩敏。她对他们的恨意炙热而疯狂。

马清清动了一下，侧躺变成了平躺。她似乎感觉到什么，睫毛翕动。

在她睁开双眼的一刹那，伊南扔下一把刀，双手把另一把尖刀举过头顶，然后，猛力地戳下去。

刀被拔出来的时候，喷涌的鲜血溅了伊南一身。

马清清哼都没哼一声，而伊成峰依旧鼾声如雷。

接下来，伊南又毫不犹豫地走到另一边，双手再次举过头顶，对着伊成峰刺过去。

伊成峰猛地睁开双眼，脸因为剧痛而扭曲，他震惊地看着伊南。"你……"

伊南没让他再说下去，她弯腰拿起另一把刀，用力握住刀柄，再次猛力地冲着伊成峰刺了下去。

伊成峰抽搐了两下，不再动弹。

伊南等了一会儿，才拔出伊成峰身上的刀，给已经动也不动的马清清补了一刀。

然后，她又拿出个小塑封袋，用镊子夹出一根头发，放在马清清胸口的血泊中——和马清清的头发混在了一起。

那是伊洛的头发。

做好这些，伊南深吸口气，还好，他们的血都留在了床单上，地板上很干净，她并不会留下血脚印。

她缩在床脚，脱下了白睡衣，和两把带着血的凶器，团在了一起。

伊南小心翼翼地离开卧室，在卧室门口的走廊上，她换上了自己的校服，换上新的棉袜，脱掉了带血的手套，换上一副新的。

她走到马清清的梳妆台前，找到了伊洛说的那条带蜻蜓吊坠的项链，放在口袋中……

她悄然下了楼。

周一清早。

伊洛背着书包快步走进来的时候，伊南正从书房中出来，手里拿着一个扳手。她刚刚撬过保险箱了。那是计划的一部分，尽可能地混乱警方的视线，拖延警方调查的脚步。

伊南的背上也背了书包。

"都好了？"伊洛一边戴着手套，一边问。

"好了。"伊南的声音嘶哑。她觉得自己在发烧，受凉，又一天两夜水米不进，她快熬不住了。

她扶着墙站起来，然后腿软得站不住，出门的时候跟跄了两步，重重地撞到了墙上的油画框上。

伊洛扶起她："刀呢？"

伊南把书包从肩头摘下来，递给伊洛，里面有包在血衣里的两把刀。

伊洛丢给伊南一个塑料袋，封口是红色的。

伊南摘下手套，拿出一把带血的刀，印上了自己的指纹，接着合好塑料袋放进背包里。背包里还有一个塑料袋，封口是绿色的，这是伊洛为自己准备的。

伊南沉默地背起伊洛的书包，再看看伊洛背上的她的书包："那些东西，你一定要藏好。"

"这个你别管。"

伊南轻轻咳嗽起来。

伊洛一仰下巴："你可以走了。"

伊南深深地看她一眼："还有你，藏好自己……警察很快就来了。"

"好啦，走吧你。"伊洛不耐烦了。

伊南背起伊洛的书包，闪身出门。

3

乔安南看着伊南,忽然眯着眼睛笑了起来。

"你在想什么?"

"没什么。"伊南从恍神中清醒过来。

乔安南理理衣服,准备告辞:"那把同样的剔骨刀,我想你肯定是费了很大工夫才弄到的,以至于我查了几天,也没查到你怎么买的。不过没关系,我相信,早晚有一天,我会查到刀的来源,和它现在的去处。"

伊南静静地笑。如果伊洛能这么容易地让人找到她藏的东西,她就不是伊洛了。

几天来,她依照自己对伊洛的理解,找遍了所有她能找的地方,全都一无所获。

当然,也许乔安南会找到。

然而,就算他先她一步找到了,那也并不是最坏的结果。

在她十七年的人生中,所有最坏的东西,她都经历过了。

最美好的东西,都是要用最深痛的巨创来换取的。

而那种最深痛巨创的代价,在她,早已经准备好了。

(全书完)